国学经典诵读

主编 ◎ 方润生

北京师范大学出版集团
安徽大学出版社

图书在版编目(CIP)数据

国学经典诵读/方润生主编. —合肥:安徽大学出版社,2016.7
ISBN 978-7-5664-1161-7

Ⅰ.①国… Ⅱ.①方… Ⅲ.①中华文化－中等专业学校－课外读物 Ⅳ.①G634.303

中国版本图书馆 CIP 数据核字(2016)第 172681 号

国学经典诵读

方润生 主编

出版发行:北京师范大学出版集团
　　　　　安 徽 大 学 出 版 社
　　　　　(安徽省合肥市肥西路 3 号 邮编 230039)
　　　　　www.bnupg.com.cn
　　　　　www.ahupress.com.cn
印　　刷:合肥创新印务有限公司
经　　销:全国新华书店
开　　本:184mm×260mm
印　　张:11
字　　数:164 千字
版　　次:2016 年 7 月第 1 版
印　　次:2016 年 7 月第 1 次印刷
定　　价:25.00 元
ISBN 978-7-5664-1161-7

策划编辑:王　勇　张　锐　　　　　　　　　装帧设计:丁　健
责任编辑:张　锐　王　勇　章亮亮　　　　　美术编辑:李　军
责任印制:陈　如

版权所有　侵权必究
反盗版、侵权举报电话:0551－65106311
外埠邮购电话:0551－65107716
本书如有印装质量问题,请与印制管理部联系调换。
印制管理部电话:0551－65106311

编 委 会

学术顾问：白兆麟

主　　编：方润生

编　　委：（以姓氏笔画为序）

丁　军　　于日锦　　戈　弋　　方润生

王中玉　　王先根　　王　勇　　王　靖

邓　琪　　卢　坡　　白兆麟　　刘玉红

刘　超　　朱丽琴　　闫　峰　　张　锐

张　璇　　李　军　　杨益民　　陈元高

周　波　　金　梅　　姚志宏　　段　红

徐胜乐　　郭颖超　　高利兵　　章亮亮

黄　文　　蒋新华

序

白兆麟

何谓"国学"？国学，是指体现中华民族特色的古代文化、民族精神与思维方式的传统学术。国学是在近代产生的、与西学相对的一种文化形式。国学的物质形态是古代经典，国学的主要载体是汉字，国学的传承方式是经典解释。

用现代眼光来看，国学既有正面的、积极的、很有价值的内容，也有反面的、消极的，甚至腐朽的东西。但是，其基本内核是前者。比如《周易》所揭示的"阴阳和谐""自强不息""厚德载物"等，老子所强调的"顺其自然""有无相生""祸福相依"等，孔、孟所倡导的"仁义礼信""舍生取义""忧患意识"等，荀子所提倡的"人定胜天""后天教育"等，这一切对我们民族精神的形成与发展都产生过极为深远的影响，造就了我们民族的整个人生观和价值观。显然，对国学应当采取科学分析的态度，吸取其精华，去除其糟粕。经过历代国学大师的努力"扬弃"，国学已经形成了一种经久不衰的中华优秀传统文化。

本书的编写注重三个原则：其一是严肃性。因为该书毕竟涉及"国学"这个话题,不能削弱它本身应有的严谨内容;其二是易读性。既然是学校辅助性的诵读读本,自然要充分考虑选文朗朗上口的诵读特性;其三是指导性。希望通过对选文的诵读及领悟,激发学生学习中国传统文化的兴趣,传播向上向善的正能量。

基于以上原则,我们为该书设计了四篇:蒙训篇,精选几部古代传承已久且影响较大的青少年启蒙读物和家训范本;家国篇,精选了中国历史上爱国主义教育的优秀篇章;修身篇,精选了对学生于潜移默化之中强化道德修养有所助益的警策文章与格言;领悟篇,精选了能够促使学生对大自然、大社会、大人生有着更深入体会的华章。

为了使该书具有其内在的系统性,我们在各编文选的排列上,按照其内容大致各分为四种类型;在每一种类型当中,先按照其性质以类相从,如诗词,诸子,史书,杂记;再以时为序,即按照其写作时代进行排列。

目录

蒙训篇

启蒙之学 3

　　弟子规(节选)(3)

　　三字经(节选)(6)

　　千字文(节选)(8)

　　笠翁对韵(节选)(10)

　　名贤集(节选)(12)

　　小儿语(节选)(15)

　　龙文鞭影(节选)(17)

　　活动设计(19)

家风家训 21

　　颜氏家训·慕贤(节选)(21)

　　章氏家训(节选)(22)

　　范文正公家训(23)

　　朱子家训(节选)(24)

　　王阳明家训(25)

　　朱柏庐家训(节选)(26)

　　父子宰相家训·养心(节选)(28)

　　活动设计(29)

家国篇

忠贞爱国 33

　　诗经·无衣(33)

　　白马篇(34)

　　出塞二首·其一(35)

　　闻官军收河南河北(36)

　　渔家傲·秋思(37)

　　满江红·写怀(38)

　　永遇乐·京口北固亭怀古(39)

江月晃重山·初到嵩山时作(40)

立春日感怀(41)

马上作(42)

赴戍登程口占示家人二首·其二(43)

谏逐客书(节选)(44)

活动设计(45)

忧国忧民 47

离骚(节选)(47)

茅屋为秋风所破歌(49)

春望(50)

病牛(51)

咏煤炭(51)

岳阳楼记(节选)(52)

活动设计(54)

勇挑重担 56

诗经·采薇(节选)(56)

从军行(57)

从军行七首·其四(57)

江城子·密州出猎(58)

书愤五首·其一(59)

十一月四日风雨大作二首·其二(59)

破阵子·为陈同甫赋壮词以寄之(60)

过零丁洋(61)

赠梁任父同年(62)

对酒(62)

少年中国说(节选)(63)

活动设计(64)

大义凛然 66

咏怀诗·壮士何慷慨(66)

代出自蓟北门行(67)

正气歌(68)

出塞(70)

狱中题壁(70)

鱼我所欲也(71)

荆轲刺秦王(72)

活动设计(73)

修身篇

尊师好学 77

长歌行(77)

劝学诗(77)

三境界(78)

明日歌(80)

今日歌(81)

论语六则(82)

有备则成(84)

劝学(节选)(85)

博学笃行(87)

师说(88)

活动设计(90)

和谐友善 92

诗经·二子乘舟(92)

诗经·木瓜(93)

别董大二首·其一(94)

送元二使安西(94)

天时不如地利,地利不如人和(95)

圣王之制(96)

伯牙善鼓琴(97)

同心四则(98)

活动设计(99)

明礼守信 101

游子吟(101)

孝道四则(102)

诚信四则(103)

大学之道(104)

自新四则(105)

陈情表(106)

活动设计(108)

志趣高洁 110

论语五则(110)

龟虽寿(111)

芙蓉楼送辛渐二首·其一(111)

感遇·其七(112)

生于忧患死于安乐(113)

报任安书(114)

君子品德(116)

力行两篇(117)

君子四有(118)

活动设计(119)

领悟篇

万物有灵 123

敕勒歌(123)

忆江南·其一(123)

入若耶溪(124)

鸟鸣涧(124)

题李凝幽居(125)

绝句四首(126)

爱莲说(128)

与宋元思书(129)

答谢中书书(130)

滕王阁序(节选)(131)

活动设计(132)

物候锦时 134

四时(134)

钱塘湖春行(135)

村居(135)

山亭夏日(136)

晓出净慈寺送林子方二首·其二(136)

秋词(137)

天净沙·秋思(137)
白雪歌送武判官归京(138)
江雪(138)
节气歌(139)
元日(140)
寒食(140)
清明(140)
鹊桥仙·七夕(141)
水调歌头·丙辰中秋(141)
活动设计(142)

人生感悟 144

滕王阁诗(144)
春江花月夜(145)
登飞来峰(147)
题西林壁(147)
念奴娇·赤壁怀古(148)
临江仙·滚滚长江东逝水(149)
游山西村(150)
兰亭集序(节选)(151)
聪训斋语·看山(152)
活动设计(153)

大美安徽 155

送温处士归黄山白鹅峰旧居(155)
九华山歌(156)
题天柱峰(156)

望天门山(157)
黄山绝顶题文殊院五首·其一(157)
醉翁亭记(158)
陋室铭(160)
游褒禅山记(节选)(161)
活动设计(163)

蒙训篇

- 3 启蒙之学
- 21 家风家训

弟子①规（节选）

入则孝

父母呼　应勿缓　父母命　行勿懒
父母教　须敬听　父母责　须顺承
亲有疾　药先尝　昼夜侍　不离床
丧三年　常悲咽②　居处变　酒肉绝

出则悌③

兄道友　弟道恭　兄弟睦　孝在中
财物轻　怨何生　言语忍　忿自泯④
长者立　幼勿坐　长者坐　命乃坐
尊长前　声要低　低不闻　却非宜

谨

朝起早　夜眠迟　老易至　惜此时
年方少　勿饮酒　饮酒醉　最为丑
用人物　须明求　倘不问　即为偷
借人物　及时还　后有急　借不难

信

凡出言　信为先　诈与妄　奚可焉
事非宜　勿轻诺　苟轻诺　进退错
见人善　即思齐　纵去远　以渐跻⑤
见人恶　即内省⑥　有则改　无加警

泛爱众

己有能　勿自私　人所能　勿轻訾⑦
勿谄⑧富　勿骄贫　勿厌故　勿喜新
人有短　切莫揭　人有私　切莫说
恩欲报　怨欲忘　报怨短　报恩长

亲仁

同是人　类不齐　流俗众　仁者希
果仁者　人多畏　言不讳⑨　色不媚

余力学文

不力行　但学文　长浮华　成何人
但力行　不学文　任己见　昧理真
读书法　有三到　心眼口　信皆要
勿自暴　勿自弃　圣与贤　可驯致⑩

诵读指导

《弟子规》原名《训蒙文》,清李毓秀撰,贾存仁修订。其内容采用《论语》"学而篇"第六条"弟子,入则孝,出则悌,谨而信,泛爱众,而亲仁,行有余力,则以学文"的文义,列述弟子在家、出外、待人、接物与学习上应该恪守的规范。

《弟子规》中所体现的"和谐、友善、诚信、文明"理念对当前培育和践行社会主义核心价值观具有重要的指导意义。

---

①弟子:指青少年。②咽(yè)。③悌(tì):敬爱兄长。④泯(mǐn):消灭,丧失。⑤跻(jī):赶上,超越。⑥省(xǐng)。⑦訾(zī):批评,指责。⑧谄(chǎn):奉承。⑨讳(huì)。⑩驯致:培养达到。

三字经（节选）

人之初，性本善，性相近，习相远。
苟不教，性乃迁，教之道，贵以专。
玉不琢，不成器，人不学，不知义①。
为人子，方少时，亲师友，习礼仪。
曰春夏，曰秋冬，此四时，运不穷。
曰仁义，礼智信，此五常，不容紊②。
曰喜怒，曰哀惧，爱恶欲，七情③具。
曰平上，曰去入，此四声，宜调协。
父子恩，夫妇从，兄则友，弟则恭。
长幼序，友与朋，君则敬，臣则忠。
礼乐射，御书数，古六艺，今不具。
惟书学，人共遵，既识字，讲说文。
为学者，必有初，小学终，至四书。
孝经通，四书熟，如六经，始可读。
诗书易，礼春秋，号六经，当讲求。
经既明，方读子④，撮⑤其要，记其事。
经子通，读诸史，考世系，知终始。

昔仲尼，师项橐⑥，古圣贤，尚勤学。
头悬梁，锥刺股，彼不教，自勤苦。
如囊萤，如映雪，家虽贫，学不辍⑦。
犬守夜，鸡司晨，苟不学，曷为人。
蚕吐丝，蜂酿蜜，人不学，不如物。
幼而学，壮而行，上致君，下泽民。
勤有功，戏无益，戒之哉，宜勉力。

诵读指导

　　《三字经》约成书于南宋，作者不详，与《百家姓》《千字文》并称为"中国三大国学启蒙读物"。它取材广范，核心思想是"仁、义、诚、敬、孝"。通过诵读《三字经》，读者不仅可了解传统国学常识与历史故事，还可知晓故事中所包含的为人做事的道理。

①义：道理。②紊（wěn）：乱。③七情：指高兴、生气、忧伤、害怕、喜爱、厌恶、嗜好七种感情。④子：指子书，中国古代思想家的著作。我国古代图书按经、史、子、集分为四类。⑤撮（cuō）：摘取。⑥项橐（xiàng tuó）：春秋时期莒国（今山东省日照市）的一位神童，孔子曾向他请教，后世尊其为圣公。⑦辍（chuò）：停止。

千字文（节选）

天地玄黄　　宇宙洪荒　　日月盈昃①　辰宿列张
寒来暑往　　秋收冬藏　　知过必改　　得能莫忘
罔②谈彼短　　靡恃③己长　　信使可覆　　器欲难量
空谷传声　　虚堂习听　　祸因恶积　　福缘善庆
尺璧非宝　　寸阴是竞　　资父事君　　曰严与敬
孝当竭力　　忠则尽命　　临深履薄　　夙兴温凊④
似兰斯馨　　如松之盛　　川流不息　　渊澄⑤取映
容止若思　　言辞安定　　外受傅训　　入奉母仪
诸姑伯叔　　犹子比儿　　孔怀⑥兄弟　　同气连枝
交友投分　　切磨箴规　　仁慈隐恻　　造次弗离
节义廉退　　颠沛匪亏　　性静情逸　　心动神疲
守真志满　　逐物意移　　坚持雅操　　好爵自縻⑦
孤陋寡闻　　愚蒙等诮　　谓语助者　　焉哉乎也

---

①昃（zè）：太阳西斜。②罔（wǎng）：不要。③恃（shì）：依仗。④凊（qìng）：清凉、寒冷。⑤澄（chéng）：水静而清。⑥孔怀：（兄弟间）非常关怀、关爱，代指兄弟友爱。孔，很、非常。⑦縻（mí）：系住，引申为来临。

诵读指导

梁武帝命人从王羲之书法作品中选取1000个不重复汉字,令员外散骑侍郎周兴嗣编纂成千字文。全文为四字句,对仗工整,是中国影响很大的启蒙读物。

经典解疑

"罔谈彼短,靡恃己长":不要去议论别人的短处,也不要依仗有长处就不思进取。

"坚持雅操,好爵自縻":坚持高尚的情操,好运自然会降临。

笠翁对韵(节选)

一 东①

天对地,雨对风。大陆对长空。山花对海树,赤日对苍穹②。雷隐隐,雾蒙蒙。日下对天中。风高秋月白,雨霁③晚霞红。牛女二星河左右,参商两曜④斗西东。十月塞边,飒⑤飒寒霜惊戍⑥旅;三冬江上,漫漫朔雪冷渔翁。

十四 寒

行对卧,听对看。鹿洞对鱼滩。蛟腾对豹变,虎踞对龙蟠。风凛凛,雪漫漫。手辣对心酸。莺莺对燕燕,小小对端端。蓝水远从千涧落,玉山高并两峰寒。至圣不凡,嬉戏六龄陈俎豆⑦;老莱大孝,承欢七衮舞斑斓。

三 肴

诗对礼,卦对爻⑧。燕引对莺调。晨钟对暮鼓,野馔⑨对山肴。雉方彀,鹊始巢。猛虎对神獒。疏星浮荇⑩叶,皓月上松梢。为邦自古推瑚琏,从政于今愧斗筲⑪。管鲍相知,能交忘形胶漆友;蔺廉有隙,终对刎颈死生交。

七　阳

台对阁,沼对塘。朝雨对夕阳。游人对隐士,谢女对秋娘。三寸舌,九回肠。玉液对琼浆。秦皇照胆镜,徐肇返魂香。青萍夜啸芙蓉匣,黄卷时摊薜荔床。元亨利贞,天地一机成化育;仁义礼智,圣贤千古立纲常。

十二　侵

歌对曲,啸对吟。往古对来今。山头对水面,远浦对遥岑。勤三上,惜寸阴。茂树对平林。卞和三献玉,杨震四知金。青皇风暖催芳草,白帝城高急暮砧。绣虎雕龙,才子窗前挥彩笔;描鸾刺凤,佳人帘下度金针。

诵读指导

《笠翁对韵》作者是明末清初著名戏曲家李渔,号笠翁。全书按韵分编,是古人学习写作诗、词,熟悉对仗、用韵、组织词语的启蒙读物。

---

①东:韵脚的代表字,下同。②苍穹(qióng):天空。③霁(jì):雨停,天放晴。④曜(yào)。⑤飒(sà)。⑥戍(shù)。⑦俎(zǔ)豆:祭祀用具。⑧爻(yáo):《周易》中组成八卦的符号之一。⑨野馔(zhuàn):野外的酒食菜肴。⑩荇(xìng):荇菜。⑪斗筲(shāo):斗和筲都是竹木做的普通容器,比喻普通人才。

名贤集(节选)

四言集

但行好事,莫问前程。与人方便,自己方便。
善与人交,久而敬之。人贫志短,马瘦毛长。
人心似铁,官法如炉。谏之双美,毁之两伤。
赞叹福生,作念祸生。积善之家,必有余庆。
积恶之家,必有余殃。休争闲气,日有平西①。
来之不善,去之亦易。人贫不语,水平不流。
得荣思辱,身安思危。羊羔虽美,众口难调。
事要三思,免劳后悔。太子入学,庶民同例。
官至一品,万法依条。得之有本,失之无本。
凡事从实,积福自厚。无功受禄,寝食不安。
财高语壮,势大欺人。言多语失,食多伤心。
相争告人,万种无益。礼下于人,必有所求。
敏而好学,不耻下问。居必择邻,交必良友。
顺天者存,逆天者亡。人为财死,鸟为食亡。
得人一牛,还人一马。老实常在,脱空②常败。

三人同行，必有我师。人无远虑，必有近忧。
寸心不昧，万法皆明。明中施舍，暗里填还。
人间私语，天闻若雷。暗室亏心，神目如电。
肚里跷蹊③，神道先知。人离乡贱，物离乡贵。
杀人可恕，情理难容。人欲可断，天理可循。
心要忠恕，意要诚实。狎昵④恶少，久必受累。
屈志老成，急可相依。施惠无念，受恩莫忘。
勿营华屋，勿谋良田。祖宗虽远，祭祀宜诚。
子孙虽愚，诗书宜读。刻薄成家，理无久享。

五言集

结有德之朋，绝无义之友。常怀克己心，法度要谨守。
君子坦荡荡，小人常戚戚⑤。见事知长短，人面识高低。
心高遮甚事，地高偃⑥水流。水深流去慢，贵人语话迟。
人无千日好，花无百日红。量小非君子，无度不丈夫。
路遥知马力，日久见人心。长存君子道，须有称心时。
君子喻于义，小人喻于利。贫而无怨难，富而无骄易。
寒门生贵子，白屋⑦出公卿。将相本无种，男儿当自强。
成人不自在，自在不成人。国正天心顺，官清民自安。
妻贤夫祸少，子孝父心宽。人生不满百，常怀千岁忧。
常说是非者，便是是非人。积善有善报，积恶有恶报。
报应有早晚，祸福自不错。花有重开日，人无常少年。
既在矮檐下，怎敢不低头。年老心未老，人穷志不穷。
自古皆有死，民无信不立。

诵读指导

《名贤集》是南宋以后的儒家学者根据历代名人贤士的名言警句，以及长期流传于民间的格言、谚语编纂而成。全书分为四言、五言、六言、七言四部分，是中国古代儿童伦理道德教育的经典之作。

---

①平西：指太阳落山。②脱空：说谎，不老实。③跷蹊（qiāo qī）：捣鬼，使坏。④狎昵（xiá nì）：态度轻浮，行为下流。⑤戚戚：忧惧貌，忧伤貌。⑥偃（yǎn）：阻塞。⑦白屋：茅草屋，这里指贫穷人家。

小儿语(节选)

一切言动　都要安详　十差九错　只为慌张
沉静立身　从容说话　不要轻薄　惹人笑骂
先学耐烦　快休使气　性躁心粗　一生不济
自家过失　不须遮掩　遮掩不得　又添一短
无心之失　说开罢手　一差半错　哪个没有
须好认错　休要说谎　教人识破　谁肯作养
要成好人　须寻好友　引酵若酸　哪得甜酒
造言生事　谁不怕你　也要提防　王法天理
饱食足衣　乱说闲耍　终日昏昏　不如牛马
担头车尾　穷汉营生　日求升合　休与相争
强取巧图　只嫌不够　横来之物　要你承受

心要慈悲　事要方便　残忍刻薄　惹人恨怨
一不积财　二不结怨　睡也安然　走也方便
要知亲恩　看你儿郎　要求子顺　先孝爷娘
别人情性　与我一般　时时体悉　件件从宽
贪财之人　至死不止　不义得来　付与败子

都要便宜　我得人不　亏人是祸　亏己是福
无可奈何　须得安命　怨叹燥急　又增一病
自家有过　人说要听　当局者迷　旁观者醒
白日所为　夜来省己　是恶当惊　是善当喜
怒多横语①　喜多狂言　一时褊②急　过后羞惭
人生在世　守身实难　一味小心　方保百年
读圣贤书　字字体验　口耳之学　梦中吃饭③

诵读指导

　　《小儿语》是由明代吕得胜、吕坤父子编选的儿歌体童蒙读物。作为中国古代最重要的童蒙养正教育读本,其对培养青少年良好品德和行为习惯,引导他们树立正确的世界观、人生观和价值观有重要意义。

---

①横语:粗暴的话。②褊(biǎn):气量狭小。③口耳之学,梦中吃饭:比喻口传、耳闻知识的虚无。

龙文鞭影（节选）

粗成四字，诲尔童蒙。经书暇日，子史须通。
重华①大孝，武穆精忠。尧眉八彩，舜目重瞳。
伯俞泣杖，墨翟悲丝。能文曹植，善辩张仪。
温公警枕，董子下帷。会书张旭，善画王维。
关西孔子②，江左夷吾③。赵抃携鹤，张翰思鲈。
武陵渔父，闽越樵夫。渔人鹬蚌，田父魏卢④。

朱熹正学，苏轼奇才。渊明赏菊，和靖观梅。
鸡黍张范，胶漆陈雷⑤。耿弇⑥北道，僧孺西台。
梁亭窃灌，曾囿误耘。张巡军令，陈琳檄文。
庄生蝴蝶，吕祖邯郸。谢安折屐，贡禹弹冠。
曾辞温饱，城忍饥寒。买臣怀绶，逢萌挂冠。
堂开洛水，社结香山⑦。腊花齐放，春桂同攀。

孔璋文伯，梦得⑧诗豪。马援矍铄⑨，巢父清高。
张仪折竹，任末燃蒿。贺循冰玉，公瑾醇醪。
汉王封齿，齐主烹阿。丁兰刻木，王质烂柯。

班昭汉史,蔡琰胡笳。凤凰律吕,鹦鹉琵琶。
刘琨啸月,伯奇履霜。塞翁失马,臧谷亡羊。
李膺破柱,卫瓘抚床。营军细柳,校猎长杨。

王戎支骨,李密陈情。相如完璧,廉颇负荆。
能诗杜甫,嗜酒刘伶。张绰剪蝶,车胤囊萤⑩。
篆推史籀⑪,隶善钟繇。邵瓜五色,李橘千头。
蒙恬造笔,太昊制琴。敬微谢馈,明善辞金。
陶母截发,姜后脱簪。达摩面壁,弥勒同龛。
由餐藜藿⑫,鬲⑬贩鱼盐。五湖范蠡,三径陶潜。
古人万亿,不尽兹函。

诵读指导

《龙文鞭影》原名《蒙养故事》,明萧良友撰,杨臣诤增订。龙文是古代骏马名,它只要看见"鞭影",无需驱策就会奔跑驰骋。作者的寓意是,阅读此书后,青少年学识会快速增长,有可能成为"千里马"。该书主要介绍中国历史上的人物典故和逸事传说,是中国古代最具代表性的通识教育读本。

---

①重华:舜帝的美称。传说舜一个眼睛里有两个眼珠子(重瞳)。②关西孔子:指东汉杨震。③夷吾:春秋时齐国名相管仲。④田父魏(jùn)卢:事见《战国策·齐策》。魏,狡兔;卢,狗。⑤鸡黍张范 胶漆陈雷:东汉张劭与范式是太学学友,约定范式两年后拜访张母。届期,范式准时到达;东汉时人陈重与雷义为挚友,当时人赞叹:"胶漆自谓坚,不如陈与雷。"⑥耿弇(yǎn):东汉开国名将。⑦社结香山:唐诗人白居易晚年与诗友九人结为"香山社"。⑧梦得:晚唐诗人刘禹锡字梦得。⑨矍铄(jué shuò):年老而精神健旺。⑩车胤囊萤:晋代车胤好学,家贫无烛照明,夏天就用细布袋盛萤火虫借光读书。⑪篆推史籀(zhòu):传说,大篆是周宣王太史籀所作。⑫由餐藜藿:春秋时仲由少时家贫,以藜藿为食,却到百里外背米供养双亲。⑬鬲(gé):胶鬲。商朝贤臣。

活 动 设 计

 拓展练习

按要求完成下列练习。

1. 人之初,_____,性相近,_____。苟不教,性乃迁,教之道,贵以专。

2. 亲爱我,孝何难,亲憎我,孝方贤。_____,谏使更,_____,柔吾声。

 瀚海拾贝

孟母三迁

昔孟母,择邻处。子不学,断机杼。

——《三字经》

孟子小的时候非常调皮,他的妈妈为了让他接受良好的教育,花费了很多心血。起初,他们家住在墓地附近,孟子就经常和邻居的小孩一起学着大人跪拜、哭号的样子,玩起办理丧事的游戏。孟子的妈妈看到了,就皱起眉头说:"不行。我不能让我的孩子住在这里了。"于是,孟子的妈妈就带着孟子搬到市集旁边去住。到了市集,孟子又和邻居的小孩学起商人做生意的样子。他一会儿鞠躬欢迎客人,一会儿招待客人,一会儿和客人讨价还价,表演得像极了。孟子的妈妈又皱皱眉头说:"这个地方也不适合我的孩子居住。"于是,他们又搬家了。

这一次,他们搬到了学校附近。孟子开始变得守秩序、懂礼貌、喜欢读书。孟子的妈妈很满意地点着头说:"这才是我儿子应该住的地方啊!"

后来,大家就用"孟母三迁"的故事来说明人应该主动地接近好的人、事、物,从而养成良好的学习习惯。

思考:

结合"孟母三迁"的故事,试用一句成语概括环境对人成长的重要作用。

 专题活动

读了"孟母三迁"的小故事后,你觉得环境对一个人的成长有着怎样的影响?请结合下列主题举办一场辩论赛。

主题:走在成长的路上

正方:在成长的路上,内在因素具有决定性作用。

反方:在成长的路上,外部环境具有决定性作用。

颜氏家训·慕贤(节选)

【北朝】颜之推

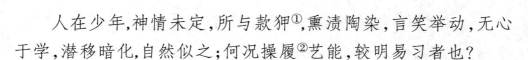

人在少年,神情未定,所与款狎①,熏渍陶染,言笑举动,无心于学,潜移暗化,自然似之;何况操履②艺能,较明易习者也?

是以与善人居,如入芝兰之室,久而自芳也;与恶人居,如入鲍鱼之肆,久而自臭也。墨子悲于染丝,是之谓矣。君子必慎交游焉。

诵读指导

家训,是一个家庭或家族长期以来形成的,能影响家庭成员精神、品德及行为的一种传统风尚和德行传承。良好家风是社会主义核心价值观在现实生活中的直观体现。

《颜氏家训》共七卷,二十篇,是中国古代家庭教育的典范之作。它在家庭伦理道德教育方面对今天有着重要的借鉴意义,开后世"家训"先河,被后代推崇为"千古家训之祖"。

---

①款狎(xiá):交往亲密。②操履:品行。

章氏家训（节选）

【五代】章仔钧

传家两字，曰读与耕；兴家两字，曰俭与勤；安家两字，曰让与忍；亡家两字，曰暴与凶。

休存猜忌之心，休听离间之语，休作生忿之事，休专公共之利。吃紧在尽本求实，切要在潜消未形。

子孙不患少而患不才，产业不患贫而患喜张，门户不患衰而患无志，交游不患寡而患从邪。

不肖子孙，眼底无几句诗书，胸中无一段道理。心昏如醉，体懒如瘫，意纵如狂，行卑如丐。败祖宗之成业，辱父母之家声；乡党为之羞，妻儿为之泣。岂可入我祠而葬我茔①乎？戒石②具左，朝夕诵思。

诵读指导

《章氏家训》原名《太傅仔钧公家训》，全文共196字，以浅显直白的语言向后人传播修身立人的道理。其核心内容是"耕读""勤俭""忍让"，对当前培育积极向上的社会风气有重要借鉴作用。

①茔(yíng)：坟墓，坟地。②戒石：这里比喻家训。

范文正公家训

【北宋】范仲淹

孝道当竭力，忠勇表丹诚；兄弟互相助，慈悲无过境。
勤读圣贤书，尊师如重亲；礼义勿疏狂，逊让敦睦邻。
敬长舆怀幼，怜恤孤寡贫；谦恭尚廉洁，绝戒骄傲情。
字纸莫乱废，须报五谷恩；作事循天理，博爱惜生灵。
处世行八德①，修身率祖神；儿孙坚心守，成家种义根。

诵读指导

范仲淹是北宋著名政治家、文学家，一生心系天下，刚直不阿。范氏后人很好地诠释了其以天下为己任的思想精髓，将"先忧后乐"的家国情怀和"清廉节俭"的君子节操融入家训中，成为中华民族的精神象征和宝贵财富。

---

①八德：孝、悌、忠、信、礼、义、廉、耻。

朱子家训（节选）

【南宋】朱 熹

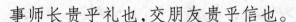

事师长贵乎礼也，交朋友贵乎信也。

见老者，敬之；见幼者，爱之。有德者，年虽下于我，我必尊之；不肖者，年虽高于我，我必远之。

慎勿谈人之短，切莫矜己之长。仇者以义解之，怨者以直报之，随所遇而安之。人有小过，含容而忍之；人有大过，以理而谕之。勿以善小而不为，勿以恶小而为之。人有恶，则掩之；人有善，则扬之。

勿损人而利己，勿妒贤而嫉能。勿称忿而报横逆，勿非礼而害物命。见不义之财勿取，遇合理之事则从。

诗书不可不读，礼义不可不知。斯文不可不敬，患难不可不扶。

诵读指导

《朱子家训》微言大义，字字珠玑，揭示出立德修身的治家之道。最重要的是，朱熹将传统家训中最根本、最精髓的思想予以理论化，内涵丰厚、诲人不倦，真可谓"千古治家之经，凝结儒学精华"。

王阳明家训

【明】王阳明

幼儿曹，听教诲。勤读书，要孝悌。
学谦恭，循礼义。节饮食，戒游戏。
毋说谎，毋贪利。毋任情，毋斗气。
毋责人，但自治。能下人，是有志。
能容人，是大器。凡做人，在心地。
心地好，是良士。心地恶，是凶类。
譬树果，心是蒂。蒂若坏，果必坠。
吾教汝，全在是。汝谛①听，勿轻弃。

诵读指导

王阳明，明代著名思想家、哲学家，心学集大成者。他将"心学"思想融入其家训之中，锻造出以良知教育为核心的家训理念，主张"蒙以养正"，强调勤学、修德。家训行文三字一句，按歌谣体式编排，堪称"家训版三字经"。

---

①谛(dì)：仔细。

朱柏庐家训(节选)

【明】朱柏庐

一粥一饭,当思来处不易。
半丝半缕,恒念物力维艰。
宜未雨而绸缪,毋临渴而掘井。
自奉必须俭约,宴客切勿流连。
器具质而洁,瓦缶胜金玉。
饮食约而精,园蔬愈①珍羞②。

勿贪意外之财,勿饮过量之酒。
与肩挑贸易,毋占便宜。
见贫苦亲邻,须加温恤。
兄弟叔侄,需分多润寡。
长幼内外③,宜辞严法肃。

轻听发言,安知非人之谮诉④,当忍耐三思。
因事相争,安知非我之不是,须平心再想。

施惠无念；受恩莫忘。
凡事当留余地，得意不宜再往。
人有喜庆，不可生妒忌心。
人有祸患，不可生喜幸心。
善欲人见，不是真善。
恶恐人知，便是大恶。

家门和顺，虽饔飧^⑤不继，亦有余欢。
国课^⑥早完，即囊橐^⑦无余，自得至乐。
读书志在圣贤，非徒科第。
为官心存君国，岂计身家。
守分安命，顺时听天。
为人若此，庶乎近焉。

诵读指导

《朱柏庐家训》是对朱熹治家理论进行系统阐发，并结合自身体会完成的一篇家训名著。它浅显易懂，流布天下，被后世尊为"治家之经"，一度成为童蒙必背经典。它立足于传统"三德"（个人品德、家庭美德、社会公德）教育，符合社会主义精神文明建设的普世价值追求，对于今天仍有着积极的借鉴意义。

---

①愈：胜过。②珍馐：珍贵的菜肴。③内外：女子和男子。④潜（zèn）诉：进诉谗言，说人坏话。⑤饔（yōng）飧（sūn）：早餐和晚餐。⑥国课：封建时代，国家征收的官粮赋税。⑦囊橐（tuó）：口袋，袋子。

父子宰相家训·养心(节选)

【清】张 英

人心至灵至动,不可过劳,亦不可过逸,惟读书可以养之。

书卷乃养心第一妙物。闲适无事之人,镇日①不观书,则起居出入,身心无所栖泊,耳目无所安顿,势必心意颠倒,妄想生嗔②。处逆境不乐,处顺境亦不乐。每见人栖栖皇皇,觉举动无不碍者,此必不读书之人也。

故读书可以增长道心③,为颐养第一事也。

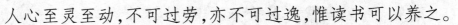

张英、张廷玉父子,安徽桐城人,清康熙、雍正朝两人都曾担任大学士一职,因清代不设宰相,大学士相当于宰相,故合称"父子宰相"。

二人的两部家训著作《聪训斋语》和《澄怀园语》,合称《父子宰相家训》。家训语言简练而生动,于平淡中将深刻的人生哲理娓娓道出,读来发人深省,其传递的核心精神是"廉俭""礼让""养性",既沉淀了中华传统文化的精髓,又体现了社会主义核心价值观。

---

①镇日:整日。②嗔(chēn):怨恨、不满之气。③道心:指人天生的仁善之心。

活 动 设 计

 拓展练习

请结合所学内容,选出你认为合适的一项。

1.班里的同学发生了口角。如果用《弟子规》中的话劝说他们,你会怎么说? （　　）

　　A.兄弟睦,孝在中　　B.言语忍,忿自泯　　C.尊长前,声要低

2.人非圣贤,孰能无过。父母有了过失,作为儿女,该选择何种沟通方式和语气,以示尊敬? （　　）

　　A.低不闻,却非宜　　B.怡吾色,柔吾声　　C.揖深圆,拜恭敬

 瀚海拾贝

扫一屋而扫天下

黎明即起,洒扫庭除,要内外整洁;既昏便息,关锁门户,必亲自检点。

——《朱柏庐治家格言》

东汉末年,外戚和宦官把持朝政,打压有才华的官员,很多有识之士被关进牢里。政局混乱,民不聊生。有一位少年名叫陈藩,从小立有大志,决心长大后为国效力,为天下百姓谋福祉。

他独自住在一个小院里,每天闭门读书,其他什么都不管,就连自己的庭院和房间都懒得收拾。

有一天,陈藩父亲的好友薛勤到家中拜访,见陈藩的房间非常杂乱,不禁皱起眉头问:"年轻人,为什么不把房间打扫干净再接待客人?"陈藩昂起头,不以为然地回答:"男子汉大丈夫,应该以扫除天下为己任,怎么能做打扫房间的小事?"薛勤反驳说:"一屋不扫何以扫天下?"陈藩一时无言以对,内心受到强烈震动,明白了凡事要从小处做起的道理。

后来,陈藩在朝廷做了官,历任太守、太尉、太傅等职。他从政数十年,清正廉明,刚正不阿,被世人誉为"不畏强御陈仲举"。

思考:

人要想成就一番事业,必须从小处做起,荀子在《劝学》中有一句话说得就是这个道理。你知道这句话吗?

 专题活动

搜集古今中外名人事迹,看看他们是如何看待"小节"的。结合这一话题举行一次主题班会。(提示:教师可以指定人物,以便学生有选择性地搜集整理资料。)

家国篇

- 33 忠贞爱国
- 47 忧国忧民
- 56 勇挑重担
- 66 大义凛然

诗经·无衣

【先秦】佚 名

岂曰无衣？与子同袍①。王于兴师，修我戈矛，与子同仇。
岂曰无衣？与子同泽②。王于兴师，修我矛戟，与子偕作。
岂曰无衣？与子同裳③。王于兴师，修我甲兵，与子偕行。

诵读指导

《诗经》是我国第一部诗歌总集，反映了恢宏博大的社会生活面。《无衣》这首秦地战歌，慷慨激昂，表现了士兵同仇敌忾的精神。

---

①袍：古代特指絮旧丝绵的长衣，即今之斗篷。②泽：同"襗"，内衣，指今之汗衫。③裳（cháng）：下衣，此指战裙。

白马篇

【三国】曹 植

白马饰金羁,连翩西北驰。借问谁家子,幽并①游侠儿。
少小去乡邑,扬声沙漠垂。宿昔秉良弓,楛矢②何参差。
控弦破左的③,右发摧月支④。仰手接飞猱⑤,俯身散马蹄。
狡捷过猴猿,勇剽若豹螭。边城多警急,虏骑数⑥迁移。
羽檄⑦从北来,厉马⑧登高堤。长驱蹈匈奴,左顾凌鲜卑。
弃身锋刃端,性命安可怀?父母且不顾,何言子与妻。
名编壮士籍,不得中顾私。捐躯赴国难,视死忽如归。

诵读指导

　　曹植,字子建,三国曹操第三子,建安文学的代表人物。《白马篇》是乐府歌辞,内容多写边塞征战之事,又名《游侠篇》,诗中塑造了一个武艺精湛的爱国青年英雄形象,歌颂了他为国献身、视死如归的崇高精神,寄托了诗人为国建功立业的雄心壮志。

---

①幽并:幽州和并州,古州名,在今河北、山西、陕西一带。②楛(hù)矢:用楛木做成的箭。③的(dì):箭靶的中心。④月支:箭靶名。⑤飞猱(náo):飞奔的猿猴。⑥数(shuò):经常。⑦羽檄(xí):古代征调军队的文书,上插羽毛,表示紧急,必须速递。⑧厉马:扬鞭策马。

出塞二首·其一

【唐】王昌龄

秦时明月汉时关，
万里长征人未还。
但使龙城飞将在，
不教胡马度阴山。

诵读指导

　　这是一首著名的边塞诗，风格悲壮而不凄凉，慷慨而不浅露。被称为"唐人七绝压卷之作"。

　　李广是汉武帝时期的大将，人称"飞将军"，他骁勇善战，匈奴为此不敢进犯。诗人表达了希望朝廷起任良将，早日平息边塞战事，使人民过上安定生活的美好愿望。

闻官军收河南河北

【唐】杜　甫

剑外忽传收蓟北，
初闻涕泪满衣裳。
却看妻子愁何在，
漫卷诗书喜欲狂。
白日放歌须纵酒，
青春作伴好还乡。
即从巴峡穿巫峡，
便下襄阳向洛阳。

　　杜甫，盛唐诗人，其诗歌忠实深刻地反映了安史之乱前后的动乱，被誉为"诗史"。本诗写于安史之乱结束之后，其时蓟北光复，国运将稳，杜甫喜极而泣。行文一气呵成，情真意切。

渔家傲·秋思

【北宋】范仲淹

塞下秋来风景异,衡阳雁去①无留意。四面边声连角起,千嶂里,长烟落日孤城闭。　　浊酒一杯家万里,燕然未勒②归无计。羌管悠悠霜满地,人不寐,将军白发征夫泪。

诵读指导

这首词是作者驻守西北边疆时所作。词上片写边塞之景,下片抒写边塞将士思念家乡,渴望建功立业的复杂感情。整首词格调苍凉悲壮,开宋代豪放词之先河。

---

①衡阳雁去:大雁飞向衡阳。相传大雁冬天飞到衡阳南的回雁峰后便不再南飞。②燕然未勒:指边患未平、功业未成。燕然:山名,即今蒙古国境内之杭爱山;勒:刻石记功。据《后汉书·窦宪传》记载,东汉窦宪追击北匈奴,出塞三千余里,至燕然山刻石记功而还。

满江红·写怀

【南宋】岳 飞

怒发冲冠,凭阑处、潇潇雨歇。抬望眼、仰天长啸,壮怀激烈。三十功名尘与土,八千里路云和月。莫等闲、白了少年头,空悲切。 靖康耻,犹未雪。臣子恨,何时灭。驾长车踏破,贺兰山缺。壮志饥餐胡虏肉,笑谈渴饮匈奴血。待从头①、收拾旧山河,朝天阙②。

诵读指导

  岳飞,南宋抗金名将,中国历史上著名的民族英雄。词上片体现了岳飞以恢复中原为己任的广阔胸怀,一声"仰天长啸"道出了为国建功的急切心情;下片写其忠于朝廷、忠于祖国的赤诚之心。简言之,这首词是一位忠臣义士的真情流露,是一首充满爱国豪情的铿锵战歌。

---

①从头:全部。②朝天阙:朝见皇帝。天阙:本指皇宫前的高大建筑物,此指皇帝生活的地方。

永遇乐·京口北固亭怀古

【南宋】辛弃疾

　　千古江山,英雄无觅孙仲谋处。舞榭歌台,风流总被雨打风吹去。斜阳草树,寻常巷陌,人道寄奴曾住。想当年,金戈铁马,气吞万里如虎。　　元嘉草草,封狼居胥,赢得仓皇北顾。四十三年,望中犹记,烽火扬州路。可堪回首,佛狸祠下,一片神鸦社鼓。凭谁问:廉颇老矣,尚能饭否?

诵读指导

　　全词层次分明,意蕴深刻,慷慨悲壮的基调中释放出深厚的爱国主义激情,读来令人荡气回肠。词中用典贴切自然,增强了作品的说服力。明代著名学者杨慎认为,辛词当以此词为第一,评价中肯。

江月晃重山·初到嵩山时作

【金】元好问

　　塞上秋风鼓角,城头落日旌旗。少年鞍马适相宜。从军乐,莫问所从谁。　　候骑①才通蓟北,先声已动辽西。归期犹及柳依依。春闺月,红袖不须啼。

诵读指导

　　词上片写边塞环境和爱国少年,下片极写从军之乐。全词襟怀开阔,意气风发,从始至终洋溢着报国从军、豁达乐观的豪迈之情,传递出积极向上的正能量。

---

①候骑(jì):侦察的骑兵。

立春日感怀

【明】于 谦

年去年来白发新，匆匆马上又逢春。
关河底事①空留客，岁月无情不贷人。
一寸丹心图报国，两行清泪为思亲。
孤怀激烈难消遣，漫把金盘簇五辛①。

诵读指导

于谦，明朝名臣，《明史》称赞其"忠心义烈，与日月争光"。明正统十四年（1449）六月，蒙古瓦剌大举入侵明朝，酿成"土木堡之变"。危急关头，于谦挺身而出，率领军民击退瓦剌军。本诗作于击退瓦剌入侵后第二年春天，立春日引发了奋战在前线的诗人的思亲之情。

---

①底事：为何。②簇五辛：簇（cù），攒聚的意思。五辛，指五种辛味的菜；《本草纲目》："元旦、立春，以葱、蒜、韭、蓼蒿、芥辛嫩之叶杂和食之，取迎新之意，谓之五辛盘。"

马上作

【明】戚继光

南北驱驰报主情,江花边月笑平生。
一年三百六十日,多是横戈马上行。

诵读指导

戚继光,明朝抗倭名将,抗击倭寇十余年,战功显赫。他在戎马倥偬之际,写下了不少诗篇。本诗平易自然,直抒胸臆,一个保家卫国的英雄形象跃然纸上。

赴戍登程口占示家人二首·其二

【清】林则徐

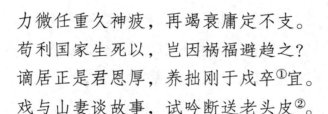

力微任重久神疲,再竭衰庸定不支。
苟利国家生死以,岂因祸福避趋之?
谪居正是君恩厚,养拙刚于戍卒①宜。
戏与山妻谈故事,试吟断送老头皮②。

诵读指导

清道光二十二年(1842),林则徐因主张禁烟而被贬伊犁充军。本诗作于诗人与家人分别之时,表达了诗人愿为国献身,不计个人得失的崇高精神。

---

①戍卒:戍守边疆的士兵。②"戏与"二句:宋真宗闻隐者杨朴能诗,召对问:"此来有人作诗送卿否?"对曰:臣妻有一首,云"更休落魄耽杯酒,且莫猖狂爱咏诗。今日捉将官里去,这回断送老头皮"。上大笑,放还山归隐。

谏逐客书(节选)

【秦】李 斯

臣闻地广者粟多,国大者人众,兵强则士勇。是以泰山不让土壤,故能成其大;河海不择细流,故能就其深;王者不却众庶,故能明其德。是以地无四方,民无异国,四时充美,鬼神降福,此五帝三王之所以无敌也。今乃弃黔首①以资敌国,却宾客以业②诸侯,使天下之士退而不敢西向,裹足不入秦。此所谓"藉③寇兵而赍④盗粮"者也。

夫物不产于秦,可宝者多;士不产于秦,而愿忠者众。今逐客以资敌国,损民以益雠⑤,内自虚而外树怨于诸侯,求国无危,不可得也。

诵读指导

这里的"书"不是书信,而是上书、奏章,是古代大臣向君主陈述政见的一种文体。作者站在"跨海内,制诸侯"完成统一天下大业的高度,逐条分析事理,理足词胜,雄辩滔滔。

①黔(qián)首:百姓。②业:用作动词,成就,帮助。③藉:同"借"。④赍(jī):送给。⑤雠:通"仇",仇敌。

活动设计

 拓展练习

找到与古诗名相对应的诗句并连线,同时请将诗句补全。

古诗名 　　　　　　　　　　古诗句

立春日感怀　　　　　苟利国家生死以,_____。

闻官军收河南河北　　_____,初闻涕泪满衣裳。

赴戍登程口占示家人　一寸丹心图报国,_____。

 瀚海拾贝

苏武牧羊

（卫）律知武终不可胁,白单于。单于愈益欲降之。乃幽武,置大窖中,绝不饮食。天雨雪。武卧啮雪,与旃毛并咽之,数日不死……武既至海上,廪食不至,掘野鼠去草实而食之。仗汉节牧羊,卧起操持,节旄尽落。

——《汉书·苏武传》

天汉元年,大臣苏武奉命以中郎将身份持节出使匈奴,后被扣留。匈奴贵族多次威逼利诱,欲使苏武投降。苏武不屈,匈奴就将他赶到北海(今俄罗斯贝加尔湖)边牧羊,并扬言公羊生子才可放他回国。苏武历尽艰辛,留居匈奴十九年持节不屈,至始元六年(前81年),终于获释回汉。苏武去世后,汉宣帝将其列为麒麟阁十一功臣之一,以彰显其忠贞爱国、威武不屈的民族气节。

思考：

你知道岳飞"精忠报国"的故事吗？与"苏武牧羊"的故事相比,有哪些异同点？

 专题活动

以班级为单位,精心设计,认真组织,举办一场以"中国梦·我的职业梦"为主题的演讲比赛。

离 骚（节选）

【战国】屈　原

长太息以掩涕兮，哀民生之多艰。
余虽好修姱以鞿羁①兮，謇朝谇②而夕替。
既替余以蕙纕兮，又申之以揽茝③。
亦余心之所善兮，虽九死其犹未悔。
怨灵修之浩荡兮，终不察夫民心。
众女嫉余之蛾眉兮，谣诼谓余以善淫。
固时俗之工巧兮，偭规矩而改错。
背绳墨以追曲兮，竞周容以为度。
忳④郁邑余侘傺⑤兮，吾独穷困乎此时也。
宁溘死以流亡兮，余不忍为此态也。
鸷鸟之不群兮，自前世而固然。
何方圜之能周兮，夫孰异道而相安？
屈心而抑志兮，忍尤而攘诟。
伏清白以死直兮，固前圣之所厚。

悔相道之不察兮，延伫乎吾将反。
回朕车以复路兮，及行迷之未远。

步余马于兰皋兮，驰椒丘且焉止息。
进不入以离尤兮，退将复修吾初服。
制芰⑥荷以为衣兮，集芙蓉以为裳。
不吾知其亦已兮，苟余情其信芳。
高余冠之岌岌兮，长余佩之陆离⑦。
芳与泽其杂糅兮，唯昭质其犹未亏。
忽反顾以游目兮，将往观乎四荒。
佩缤纷其繁饰兮，芳菲菲其弥章。
民生各有所乐兮，余独好修以为常。
虽体解吾犹未变兮，岂余心之可惩。

诵读指导

屈原，战国时期楚国人，中国历史上第一位伟大的爱国诗人。他创作的《楚辞》是中国浪漫主义文学的源头。《离骚》是屈原心灵的歌唱，反映了作者虽遭遇排挤而依然关注民生的高洁品格。

---

①靰羁（jī jī）：马缰绳和络头。比喻约束。②谇(suì)：进言，谏劝。③揽茝（chǎi）：采集芷草，比喻坚持高尚的德行。④忳(tún)：忧郁，烦闷。⑤侘傺(chà chì)：失意而神情恍惚的样子。⑥芰(jì)：菱。⑦陆离：修长的样子。

茅屋为秋风所破歌

【唐】杜 甫

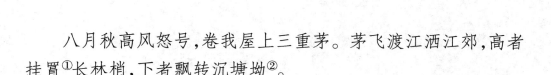

　　八月秋高风怒号,卷我屋上三重茅。茅飞渡江洒江郊,高者挂罥①长林梢,下者飘转沉塘坳②。

　　南村群童欺我老无力,忍能对面为盗贼。公然抱茅入竹去,唇焦口燥呼不得,归来倚杖自叹息。

　　俄顷风定云墨色,秋天漠漠向昏黑。布衾③多年冷似铁,娇儿恶卧踏里裂。床头屋漏无干处,雨脚如麻未断绝。自经丧乱少睡眠,长夜沾湿何由彻!

　　安得广厦④千万间,大庇天下寒士俱欢颜!风雨不动安如山。呜呼!何时眼前突兀见此屋,吾庐独破受冻死亦足!

---

①罥(juàn):挂。②塘坳(ào):即池塘。坳,水边低地。③布衾(qīn):布质的被子。衾,被子。④广厦(shà):宽敞的大屋。

春　望

【唐】杜　甫

国破山河在，城春草木深。
感时花溅泪，恨别鸟惊心。
烽火连三月，家书抵万金。
白头搔更短，浑欲不胜簪。

诵读指导

诗圣杜甫，忧国忧民之情力透纸背。《茅屋为秋风所破歌》，推己及人，直抒胸臆，揭示主题。《春望》，触景生情，感情真挚，充分体现了作者"沉郁顿挫"的艺术风格。

病 牛

【南宋】李 纲

耕犁千亩实千箱,力尽筋疲谁复伤?
但得众生皆得饱,不辞羸病①卧残阳。

咏煤炭

【明】于 谦

凿开混沌得乌金, 藏蓄阳和意最深。
爇火②燃回春浩浩, 洪炉照破夜沉沉。
鼎彝③元赖生成力, 铁石犹存死后心。
但愿苍生俱饱暖, 不辞辛苦出山林。

诵读指导

两首诗同为咏物言志诗,反映出诗人为国为民、鞠躬尽瘁的精神境界。李诗中反诘语气强烈,增添了诗情的凝重感。

---

① 羸(léi)病:瘦弱有病。②爇(jué)火:小火。③鼎彝(yí):鼎,炊具;彝,酒器。

岳阳楼记(节选)

【北宋】范仲淹

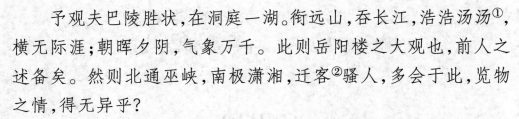

　　予观夫巴陵胜状,在洞庭一湖。衔远山,吞长江,浩浩汤汤①,横无际涯;朝晖夕阴,气象万千。此则岳阳楼之大观也,前人之述备矣。然则北通巫峡,南极潇湘,迁客②骚人,多会于此,览物之情,得无异乎?

　　若夫淫雨霏霏,连月不开,阴风怒号,浊浪排空;日星隐曜,山岳潜形;商旅不行,樯倾楫摧③;薄暮冥冥,虎啸猿啼。登斯楼也,则有去国怀乡,忧谗畏讥,满目萧然,感极而悲者矣。

　　至若春和景明,波澜不惊,上下天光,一碧万顷;沙鸥翔集,锦鳞游泳;岸芷汀兰,郁郁青青。而或长烟一空,皓月千里,浮光跃金,静影沉璧,渔歌互答,此乐何极!登斯楼也,则有心旷神怡,宠辱偕忘,把酒临风,其喜洋洋者矣。

　　嗟夫!予尝求古仁人之心,或异二者之为,何哉?不以物喜,不以己悲;居庙堂之高则忧其民;处江湖之远则忧其君。是进亦忧,退亦忧。然则何时而乐耶?其必曰:先天下之忧而忧,后天下之乐而乐乎?噫!微斯人,吾谁与归?

　　时六年九月十五日。

诵读指导

范仲淹的"先天下之忧而忧,后天下之乐而乐"来源于孟子的《梁惠王下》,这是一种多么开阔的胸襟和怀抱啊!

孟子·梁惠王下

齐宣王见孟子于雪宫。王曰:贤者亦有此乐乎?

孟子对曰:有。为民上而不与民同乐者,亦非也。乐民之乐者,民亦乐其乐;忧民之忧者,民亦忧其忧。乐以天下,忧以天下,然而不王者,未之有也。

---

①汤汤(shāng shāng):水盛大貌,意与"荡荡"同。②迁:贬谪流迁。③樯(qiáng)倾楫(jí)摧:桅杆倒下,船桨折断。樯,桅杆。楫,船桨。

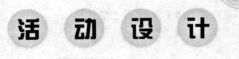

 拓展练习

请在下列诗句中填上恰当的数字。尝试背诵诗句所在的整首诗,并说出诗歌的作者和朝代。

春种____粒粟　　　　　____月春风似剪刀

白发____千丈　　　　　人间____月芳菲尽

轻烟散入____侯家　　　毕竟西湖____月中

____八个星天外　　　　____百里分麾下炙

____曲黄河万里沙　　　____年生死两茫茫

____山鸟飞绝　　　　　____径人踪灭

你还能想起哪些含有数字的古诗词呢?

 瀚海拾贝

屈原投江

屈原出生在楚国的一个贵族家庭里。他青年时代就有着出色的才干,步入政坛不久,便受到楚怀王赏识,当了左徒这一仅次于宰相的大官。他主张举贤选能,联齐抗秦。在他的努力下,楚国的实力明显增强,但他的改革触动了贵族的利益,加之受到奸臣诬陷,所以惨遭流放。

公元前278年,秦国大军攻破楚国都城。屈原眼看自己的祖国被侵略,心如刀割。五月五日,他写下了绝笔作《怀沙》,而后纵身跃入汨罗江。屈原以自己的生命谱写了一曲壮丽的爱国主义乐章。为了纪念屈原,人们把每年农历五月初五定为端午节。

思考:

1.如果有一台时光穿梭机,把你带到了屈原生活的时代,并与屈原见了面,你有什么话想对他说?

2.司马迁评价屈原:"其文约,其辞微,其志洁,其行廉。其称文小而其指极大,举类迩而见义远。其志洁,故其称物芳;其行廉,故死而不容自疏。"请谈谈你对这段话的理解。

专题活动

以班级为单位,举办一场以"吾国吾家"为主题的辩论赛。

正方:有国才有家,国家利益应高于个人利益。

反方:有家才有国,国家应充分保障个人利益。

诗经·采薇(节选)

【先秦】佚 名

采薇采薇，薇亦作止。曰归曰归，岁亦莫止。
采薇采薇，薇亦柔止。曰归曰归，心亦忧止。
采薇采薇，薇亦刚止。曰归曰归，岁亦阳止。
昔我往矣，杨柳依依。今我来思，雨雪霏霏。
行道迟迟，载渴载饥。我心伤悲，莫知我哀！

诵读指导

　　本诗叙述了转战边陲的战士的艰苦生活，表达了戍边战士爱国恋家、忧时伤事的思想感情。"昔我往矣，杨柳依依。今我来思，雨雪霏霏"运用反衬手法，以景衬情，情景交融，被后人称为《诗经》中最美的句子。

从军行

【唐】杨 炯

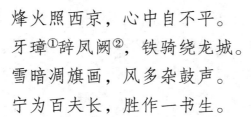

烽火照西京，心中自不平。
牙璋①辞凤阙②，铁骑绕龙城。
雪暗凋旗画，风多杂鼓声。
宁为百夫长，胜作一书生。

从军行七首·其四

【唐】王昌龄

青海长云暗雪山，孤城遥望玉门关。
黄沙百战穿金甲，不破楼兰终不还。

诵读指导

两首边塞诗，一腔报国情。前者重在战争过程的再现；后者意在突出战争的艰苦。

---

①牙璋：古代发兵所用之兵符，分为两块，相合处呈牙状，朝廷和主帅各执其半。指代奉命出征的将帅。②凤阙：阙名。汉建章宫的圆阙上有金凤，故以凤阙指皇宫。

江城子·密州出猎

【北宋】苏 轼

老夫聊发少年狂,左牵黄,右擎苍,锦帽貂裘,千骑卷平冈。为报倾城随太守,亲射虎,看孙郎。　　酒酣胸胆尚开张,鬓微霜,又何妨?持节①云中,何日遣冯唐②?会挽雕弓如满月,西北望,射天狼③。

诵读指导

这首词感情奔放,境界开阔,表达了苏轼渴望建功立业的豪情壮志。

---

①节:符节,古代使者的凭信。②冯唐:西汉大臣。此指冯唐为魏尚伸张正义,汉文帝命冯唐到云中郡赦免魏尚并恢复其官职之事(见《史记·冯唐列传》)。作者在此以魏尚自喻,表达了自己希望朝廷委以边任,到边疆抗敌,为朝廷立功的志向。③天狼:星名,古人认为它的出现象征外来侵略。

书愤五首·其一

【南宋】陆 游

早岁那知世事艰,中原北望气如山。
楼船夜雪瓜洲渡,铁马秋风大散关。
塞上长城空自许,镜中衰鬓已先斑。
出师一表真名世,千载谁堪伯仲间。

十一月四日风雨大作二首·其二

【南宋】陆 游

僵卧孤村不自哀,尚思为国戍轮台。
夜阑卧听风吹雨,铁马冰河入梦来。

诵读指导

　　作为陆游爱国诗的代表,前者重在抒发作者立志报国却壮志难酬的愤懑感。后者传递出陆游雄心不灭、老而弥坚的精神追求。

破阵子·为陈同甫赋壮词以寄之

【北宋】辛弃疾

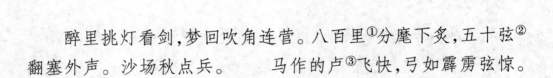

醉里挑灯看剑,梦回吹角连营。八百里①分麾下炙,五十弦②翻塞外声。沙场秋点兵。　马作的卢③飞快,弓如霹雳弦惊。了却君王天下事,赢得生前身后名。可怜白发生。

诵读指导

这是一曲慷慨激昂、高唱入云的战歌,也是一首壮志未酬、报国无路的悲吟,作于词人被迫闲居信州(今江西上饶)期间。陈同甫,即陈亮,辛弃疾挚友,两人志趣相投,且词风相近。

本词构思奇特,别出心裁。前九句写梦境,刻画出一位横戈立马的战斗英雄形象。尾句回到现实,感慨自己白发已满头,却英雄无用武之地。

①八百里:用典,指牛。②五十弦:本指瑟,后泛指乐器。③的卢:骏马名。

过零丁洋①

【南宋】文天祥

辛苦遭逢起一经②，干戈寥落四周星③。
山河破碎风飘絮，身世浮沉雨打萍。
皇恐滩④头说皇恐，零丁洋里叹零丁。
人生自古谁无死，留取丹心照汗青⑤。

诵读指导

南宋祥兴二年（1279），元军追击南宋最后一个皇帝赵昺，逼迫文天祥投降，本诗是他临危所作，表达了其为民族、为祖国献身的高尚情操。尾联以磅礴的气势收敛全篇，发出了宁死不屈的壮烈誓词，影响了一代又一代爱国志士和广大民众。

---

①零丁洋：海域名，在今广东省中山市南。②起一经：依靠通达一种经书而进入仕途，指参加科举考试。③周星：岁星。岁星在天空循环一周为十二年，故一周星为十二年，四周星为四十八年。作者作此诗时四十四岁，此举其大概而言。④皇恐滩：在今江西省万安县，赣江十八滩之一，水流险恶。皇，通作"惶"。⑤汗青：史书。古代以竹简记事，须用火炙竹简去除水分，称为汗青。

赠梁任父同年

【清】黄遵宪

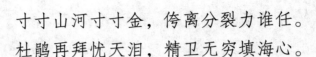

寸寸山河寸寸金,侉离分裂力谁任。
杜鹃再拜忧天泪,精卫无穷填海心。

对 酒

【清】秋 瑾

不惜千金买宝刀,貂裘换酒也堪豪。
一腔热血勤珍重,洒去犹能化碧涛。

诵读指导

　　两首诗的后两句都用典,抒发了作者为挽救国家民族危难,随时准备为国献身的豪情壮志。《对酒》诗对酒抒情,直叙壮志,毫无脂粉气,令男儿叹服。

少年中国说（节选）

【清】梁启超

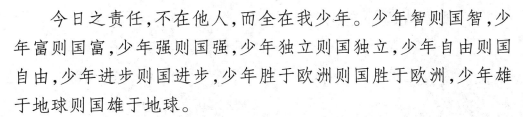

今日之责任，不在他人，而全在我少年。少年智则国智，少年富则国富，少年强则国强，少年独立则国独立，少年自由则国自由，少年进步则国进步，少年胜于欧洲则国胜于欧洲，少年雄于地球则国雄于地球。

红日初升，其道大光；河出伏流，一泻汪洋。潜龙腾渊，鳞爪飞扬；乳虎啸谷，百兽震惶。鹰隼试翼，风尘吸张；奇花初胎，矞矞①皇皇。干将发硎②，有作其芒。天戴其苍，地履其黄。纵有千古，横有八荒。前途似海，来日方长。美哉我少年中国，与天不老；壮哉我中国少年，与国无疆！

诵读指导

梁启超是中国近代著名的政治家和思想家。一生致力于救国救民事业。本诗写于戊戌变法失败后的1900年，文中热情歌颂了少年的朝气蓬勃，感情充沛，振奋人心。

---

①矞矞(yù yù)：叠音词，盛美的样子。②干将发硎(xíng)：宝剑磨砺。干将：古代人名，善铸剑，后泛指宝剑。硎：磨刀石。

活动设计

 拓展练习

将下列成语补充完整。

____山绿水　　生____不息　　____是谁非
____往今来　　舍生____义　　____边无际
九____一生　　不____余地　　自由____在
肝胆相____　　____心一意　　碧血____心
____流浃背　　人山____海

思考：

将所填的字进行排列组合，能否构成一句诗呢？请试着将它工整地抄写在横线上。

_____，_____。

 瀚海拾贝

木兰从军

唧唧复唧唧，木兰当户织。不闻机杼声，惟闻女叹息。问女何所思，问女何所忆。女亦无所思，女亦无所忆。昨夜见军帖，可汗大点兵,军书十二卷,卷卷有爷名。阿爷无大儿,木兰无长兄,愿为市鞍马,从此替爷征。

——《木兰诗》

花木兰是古时候的一名民间女子。相传,她从小习武骑马,日复一日,武艺渐进。有一年外敌入侵,皇帝招兵,她父亲的名字在名册上。花木兰担心父亲年迈,便女扮男装,替父亲出征。参军后,她作战英勇,驰骋沙场十余年,屡建奇功。

思考:

1.花木兰看到军书后决定替父从军,为不让家人担心,她不辞而别。如果你是花木兰,请写一封信给家人以说明情况。

2.除了花木兰,中国历史上还有哪些巾帼英雄?请和同学们交流讨论这些巾帼英雄的事迹。

 专题活动

结合《木兰诗》与迪士尼经典动画片《花木兰》,自选主题,举办一场"木兰展"。(提示:可以围绕某一场景、片段进行绘画创作,也可以尝试为花木兰设计服装等。)

咏怀诗·壮士何慷慨

【三国】阮 籍

壮士何慷慨，志欲威八荒。
驱车远行役，受命念自忘。
良弓挟乌号，明甲有精光。
临难不顾生，身死魂飞扬。
岂为全躯士，效命争战场。
忠为百世荣，义使令名彰。
垂声谢后世，气节故有常。

诵读指导

阮籍，魏晋诗人，"竹林七贤"之一，长于五言诗。《咏怀诗》共82首，本诗位列第39首。该诗以铿锵的诗句、壮阔的气势歌颂了忠义壮士的献身精神和高风亮节。

代出自蓟北门行

【南北朝】鲍 照

羽檄起边亭,烽火入咸阳。征骑屯广武,分兵救朔方①。
严秋筋竿劲,虏阵精且强。天子按剑怒,使者遥相望。
雁行缘石径,鱼贯度飞梁。箫鼓流汉思,旌甲被胡霜。
疾风冲塞起,沙砾自飘扬。马毛缩如猬,角弓不可张。
时危见臣节,世乱识忠良。投躯报明主,身死为国殇。

诵读指导

　　鲍照,人称"鲍参军",南朝宋诗人,诗文以"惊挺"和"险急"为主。本诗赞颂了从军壮士为保卫国家不惜献身的忠勇精神,格调雄浑悲壮。

---

①朔方:汉郡名,在今内蒙古自治区境内。

正气歌

【南宋】文天祥

天地有正气,杂然赋流形。
下则为河岳,上则为日星。
于人曰浩然,沛乎塞苍冥。
皇路当清夷,含和吐明庭。
时穷节乃见,一一垂丹青。
在齐太史简,在晋董狐笔。
在秦张良椎,在汉苏武节。
为严将军头,为嵇侍中血。
为张睢阳齿,为颜常山舌。
或为辽东帽,清操厉冰雪。
或为出师表,鬼神泣壮烈。
或为渡江楫,慷慨吞胡羯。
或为击贼笏,逆竖头破裂。
是气所磅礴,凛烈万古存。
当其贯日月,生死安足论。
地维赖以立,天柱赖以尊。
三纲实系命,道义为之根。

嗟予遘阳九，隶也实不力。
楚囚缨其冠，传车送穷北。
鼎镬甘如饴，求之不可得。
阴房阗鬼火，春院閟天黑。
牛骥同一皂，鸡栖凤凰食。
一朝蒙雾露，分作沟中瘠。
如此再寒暑，百沴自辟易。
嗟哉沮洳场，为我安乐国。
岂有他缪巧，阴阳不能贼。
顾此耿耿在，仰视浮云白。
悠悠我心悲，苍天曷有极。
哲人日已远，典刑在夙昔。
风檐展书读，古道照颜色。

诵读指导

本诗是文天祥就义前一年的狱中遗诗。他用古诗体的语调酣畅淋漓地表现了自己的忠肝义胆和铮铮铁骨，塑造了一位大义凛然的民族英雄形象。读来大气磅礴，鼓舞人心。

出 塞

【清】徐锡麟

军歌应唱大刀环,誓灭胡奴出玉关。
只解沙场为国死,何须马革裹尸还。

狱中题壁

【清】谭嗣同

望门投止思张俭,忍死须臾待杜根。
我自横刀向天笑,去留肝胆两昆仑。

诵读指导

　　同为清末追求民主、反抗专制的革命斗士。两首诗作共同表达了勇于担当的革命意识和视死如归的牺牲精神。不同的是《出塞》是一首以边塞诗形式呈现的战歌,读来豪迈雄浑;《狱中题壁》是一首绝笔诗,悲壮中饱含激昂,读来荡气回肠。

鱼我所欲也（节选《孟子》）

【战国】孟　子

　　鱼,我所欲也,熊掌,亦我所欲也,二者不可得兼,舍鱼而取熊掌者也。生,亦我所欲也,义,亦我所欲也,二者不可得兼,舍生而取义者也。生亦我所欲,所欲有甚于生者,故不为苟得也。死亦我所恶,所恶有甚于死者,故患有所不辟①也。如使人之所欲莫甚于生,则凡可以得生者何不用也?使人之所恶莫甚于死者,则凡可以辟患者何不为也?由是则生而有不用也;由是则可以辟患而有不为也。是故所欲有甚于生者,所恶有甚于死者。非独贤者有是心也,人皆有之,贤者能勿丧耳。

诵读指导

　　孟子把生命比作鱼,把义比作熊掌,认为生和义不能两全时,应该舍生取义。无论在历史上还是在现代,许多仁人志士都把舍生取义奉为圭臬。孟子提出的"舍生取义"的儒家精神,已成为中华传统文化的精神财富和宝贵遗产。

①辟:通"避",躲避。

荆轲刺秦王（节选《史记·刺客列传》）

【西汉】司马迁

太子及宾客知其事者，皆白衣冠以送之。至易水上，既祖，取道。高渐离击筑①，荆轲和而歌，为变徵②之声，士皆垂泪涕泣。又前而为歌曰："风萧萧兮易水寒，壮士一去兮不复还！"复为慷慨羽③声，士皆瞋目，发尽上指冠。于是荆轲遂就车而去，终已不顾。

诵读指导

《史记》是我国第一部纪传体通史。"不忍相负"是一种修养和境界，也是一种担当。"知恩图报，临难忘身"，荆轲刺秦王这一悲壮的历史故事赞颂了荆轲坚持正义、勇抗强秦的崇高精神境界。

①筑：一种乐器。 ②徵(zhǐ)：古"五音"（宫商角徵羽）之一。 ③羽：古"五音"之一。

活动设计

 拓展练习

色彩能够提升诗歌的意境美。请把表示颜色的字填在下列横线中,然后读一读,想象一下,诗歌所描绘的是一幅怎样的画面。

万____千____总是春　　春来江水____如____
两个____鹂鸣____柳　　一行____鹭上____天
____玉妆成一树高　　万条垂下____丝绦
____云翻墨未遮山　　____雨跳珠乱入船

 瀚海拾贝

蔺相如与和氏璧

赵惠文王有一块叫做和氏璧的宝玉,秦昭王听说后,表示愿意用十五座城换取。赵国名臣蔺相如表示愿带和氏璧去秦国,如果赵国得到秦国的城邑,就将和氏璧留在秦国;反之,一定将和氏璧带回。蔺相如到秦国后,将和氏璧献上。秦昭王大喜,却全无将城邑给赵国之意。蔺相如谎称玉上有一小斑点,要指给秦昭王看,于是拿回了宝玉。手持宝玉的蔺相如在庭柱旁站定,说:"赵王担心秦国自恃强大,得和氏璧而不给城邑,我劝说方才答应。赵王斋戒五日,然后才让我捧璧前来,以示对秦国的尊重和敬意。不料大王礼仪简慢,毫无交割城邑的诚意,现在若大王一定要抢走宝玉,我宁可将脑袋与宝玉一起在柱子上撞碎。"秦昭王无奈,只得划出十五座城邑给赵国。蔺相如断定秦昭王不过是假意应付,便提出要秦昭王斋戒五日,再郑重其事地交换,秦昭王只好应允。蔺相如便派随从怀揣和氏璧,偷偷从小道返回赵国,从而保全了和氏璧。

思考:
1. 请用一个成语来概括蔺相如力保和氏璧的故事。
2. 蔺相如是战国时期著名的政治家、外交家。你还知道关于他的哪些故事?

 专题活动

以班级为单位,举办一场国学知识竞赛。(提示:可以设置如下竞赛环节,例如国学常识问答、经典名句对接、国学人物描述等,也可以将教材中的拓展练习融入竞赛环节中。)

修身篇

- 77 尊师好学
- 92 和谐友善
- 101 明礼守信
- 110 志趣高洁

长歌行

【汉】佚 名

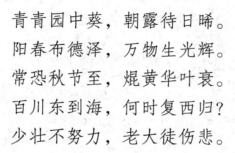

青青园中葵,朝露待日晞。
阳春布德泽,万物生光辉。
常恐秋节至,焜黄华叶衰。
百川东到海,何时复西归?
少壮不努力,老大徒伤悲。

劝学诗

【唐】颜真卿

三更灯火五更鸡,正是男儿读书时。
黑发不知勤学早,白首方悔读书迟。

诵读指导

《长歌行》借物喻理,《劝学诗》直抒胸臆,劝勉人们珍惜年华,人生无悔。

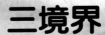

三境界

蝶恋花

【北宋】晏 殊

槛①菊愁烟兰泣露,罗幕轻寒,燕子双飞去。明月不谙②离恨苦,斜光到晓穿朱户。　昨夜西风凋碧树,独上高楼,望尽天涯路。欲寄彩笺兼尺素,山长水阔知何处。

蝶恋花

【北宋】柳 永

伫倚危楼风细细,望极春愁,黯黯生天际。草色烟光残照里,无言谁会凭阑意。　拟把疏狂图一醉,对酒当歌,强乐还无味。衣带渐宽终不悔,为伊消得人憔悴。

---

①槛(jiàn):栏杆。②谙(ān):熟悉。

青玉案·元夕

【南宋】辛弃疾

东风夜放花千树,更吹落,星如雨。宝马雕车香满路。凤箫声动,玉壶光转,一夜鱼龙舞。　　蛾儿雪柳黄金缕,笑语盈盈暗香去。众里寻他千百度,蓦然回首,那人却在,灯火阑珊处。

诵读指导

王国维《人间词话》:"古今之成大事业、大学问者,必经过三种之境界:'昨夜西风凋碧树。独上高楼,望尽天涯路。'此第一境也。'衣带渐宽终不悔,为伊消得人憔悴。'此第二境也。'众里寻他千百度,蓦然回首,那人却在,灯火阑珊处。'此第三境也。"

第一境表明立志高远,重在追求目标的明确与迫切;

第二境极言追求过程中的痛苦与执着,无怨无悔,不改初衷;

第三境描写艰难曲折的寻觅与获得成功的愉悦。

明日歌

【明】钱　福

明日复明日,明日何其多。
我生待明日,万事成蹉跎。
世人若被明日累,春去秋来老将至。
朝看水东流,暮看日西坠。
百年明日能几何?请君听我明日歌。

今日歌

【明】文 嘉

今日复今日,今日何其少。
今日又不为,此事何时了?
人生百年几今日,今日不为真可惜。
若言姑待明朝至,明朝又有明朝事。
为君聊赋今日诗,努力请从今日始。

诵读指导

　　以上两诗的作者以通俗流畅的语言、明白如话的句子,劝勉人们要珍惜时间、积极进取,一切从今天开始,一切从现在做起。

论语六则

一

子曰:学而不思则罔①,思而不学则殆②。

——《论语·为政》

二

子曰:温故而知新,可以为师矣。

——《论语·为政》

三

子曰:学而时习之,不亦说乎?有朋自远方来,不亦乐乎?人不知而不愠③,不亦君子乎?

——《论语·学而》

四

子贡问曰:孔文子何以谓之"文"也?子曰:敏而好学,不耻下问,是以谓之"文"也。

——《论语·公冶长》

五

子曰：默而识之，学而不厌，诲人不倦，何有于我哉？

——《论语·述而》

六

子曰：知之者不如好之者，好之者不如乐之者。

——《论语·雍也》

诵读指导

第一则强调了学习和思考的结合；

第二则强调了温习的重要性；

第三则说明学习应不限于书本，还要提高品德修养；

第四则说明"文"的要求，要做到勤敏向学，不耻下问；

第五则是孔子自述，侧重于好学的精神和认真的态度；

第六则点明学习的"三境界"：知、好、乐。

总之，孔子从学习的态度和方法两方面入手，全面地阐释了有关学习的理念。

---

①罔：欺罔，受骗。②殆：迷惑，危险。③愠(yùn)：懊恼，怨恨。

有备则成

子曰:工欲善其事,必先利其器。

——《论语·卫灵公》

为之于未有,治之于未乱。合抱之木,生于毫末;九层之台,起于累土;千里之行,始于足下。

——《老子·第六十四章》

天下难事必作于易,天下大事必作于细。是以圣人终不为大,故能成其大。夫轻诺必寡信,多易必多难。是以圣人犹难之,故终无难矣。

——《老子·第六十三章》

居安思危,思则有备,有备无患,敢以此规。

——《左传·襄公十一年》

诵读指导

事前准备,注重积累,是成功的阶梯。

劝①　学（节选）

【战国】荀　子

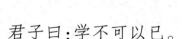

　　君子曰：学不可以已。

　　青，取之于蓝，而青于蓝；冰，水为之，而寒于水。木直中绳，𫐓②以为轮，其曲中规，虽有槁暴③，不复挺者，𫐓使之然也。故木受绳则直，金就砺④则利。君子博学而日参省乎己，则知明而行无过矣。

　　故不登高山，不知天之高也；不临深溪，不知地之厚也；不闻先王之遗言，不知学问之大也。干、越、夷、貉之子，生而同声，长而异俗，教使之然也。诗曰："嗟尔君子，无恒安息。靖共尔位，好是正直。神之听之，介尔景福⑤。"神莫大于化道，福莫长于无祸。

　　吾尝终日而思矣，不如须臾之所学也。吾尝跂而望矣，不如登高之博见也。登高而招，臂非加长也，而见者远。顺风而呼，声非加疾也，而闻者彰。假舆马者，非利足也，而致千里。假舟楫者，非能水也，而绝江河。君子生⑥非异也，善假于物也。

　　故君子居必择乡，游必就士，所以防邪僻而近中正也。

　　物类之起，必有所始。荣辱之来，必象其德。肉腐出虫，鱼枯生蠹⑦。怠慢忘身，祸灾乃作。强自取柱⑧，柔自取束。邪秽在身，怨

85

之所构。施薪若一,火就燥也。平地若一,水就湿也。草木畴生,禽兽群焉,物各从其类也。是故质的张而弓矢至焉,林木茂而斧斤至焉,树成荫而众鸟息焉,醯酸而蚋聚焉。故言有召祸也,行有招辱也,君子慎其所立乎!

积土成山,风雨兴焉。积水成渊,蛟龙生焉。积善成德,而神明自得,圣心备焉。故不积跬步,无以至千里;不积小流,无以成江海。骐骥一跃,不能十步;驽马十驾,功在不舍。锲而舍之,朽木不折;锲而不舍,金石可镂。蚓无爪牙之利,筋骨之强,上食埃土,下饮黄泉,用⑨心一也。蟹八跪而二螯,非蛇鳝之穴无可寄托者,用心躁也。

诵读指导

荀子,战国末期著名思想家。《荀子》由其本人和弟子们整理而成,是战国后期儒家学派代表性著作。《劝学》是该书的首篇,论述学习的重要意义和作用,勉励人们用正确的目的、态度和方法去学习。

---

①劝:勉励。②煣(róu):通"煣",一种手工技艺,用火烤使木条弯曲。③暴(pù):晒。④砺:磨刀石。⑤介尔景福:赐给您大大的福气。介:赐予。景:大。⑥生:通"性",资质,禀赋。⑦蠹(dù):一种虫子。⑧柱:通"祝",折断。⑨用:以,因为。

博学笃行（节选《礼记·中庸》）

【战国】孔 伋

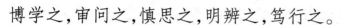

　　博学之，审问之，慎思之，明辨之，笃行之。

　　有弗学，学之弗能，弗措也；有弗问，问之弗知，弗措也；有弗思，思之弗得，弗措也；有弗辨，辨之弗明，弗措也；有弗行，行之弗笃，弗措也。人一能之，己百之；人十能之，己千之。果能此道矣，虽愚必明，虽柔必强。

诵读指导

　　孔伋，即子思，孔子的嫡孙。《中庸》是中国古代讨论教育理论的重要论著，"博学笃行"一节，气势宏伟，思想缜密，介绍了教育教学过程的五个环节，并表达了对实现这五个环节目标所持的坚定态度，反映了古代学者的良好学风，值得我们今天学习和发扬。

师 说

【唐】韩 愈

古之学者必有师。师者,所以传道、受业、解惑也。人非生而知之者,孰能无惑?惑而不从师,其为惑也,终不解矣。

生乎吾前,其闻道也固先乎吾,吾从而师之;生乎吾后,其闻道也亦先乎吾,吾从而师之。吾师道也,夫庸知其年之先后生于吾乎?是故无贵无贱,无长无少,道之所存,师之所存也。

嗟乎!师道之不传也久矣,欲人之无惑也难矣!古之圣人,其出人也远矣,犹且从师而问焉;今之众人,其下圣人也亦远矣,而耻学于师。是故圣益圣,愚益愚。圣人之所以为圣,愚人之所以为愚,其皆出于此乎?

爱其子,择师而教之;于其身也,则耻师焉,惑矣。彼童子之师,授之书而习其句读者,非吾所谓传其道解其惑者也。句读之不知,惑之不解,或师焉,或不焉,小学而大遗,吾未见其明也。

巫医乐师百工之人,不耻相师。士大夫之族,曰师曰弟子云者,则群聚而笑之。问之,则曰:"彼与彼年相若也,道相似也。位卑则足羞,官盛则近谀。"呜呼!师道之不复可知矣。巫医乐师百工之人,君子不齿,今其智乃反不能及,其可怪也欤!

圣人无常师。孔子师郯①子、苌弘、师襄、老聃②。郯子之徒,其贤不及孔子。孔子曰:"三人行,则必有我师。"是故弟子不必不如师,师不必贤于弟子,闻道有先后,术业有专攻,如是而已。

诵读指导

　　"说"是古代的一种议论文体,一般用来阐述某种道理或主张。作者运用流利畅达的笔触,论述了从师的重要意义与正确原则,批评了当时不重师道的不良习俗,体现出作者不顾世俗、独抒己见的精神,推动了乐于从师、善于学习社会风气的逐步形成。

---

①郯(tán)。②老聃(dān):即老子,姓李名耳,字聃。

活 动 设 计

 拓展练习

下列横线上都隐藏着一种动物,快让它们现身吧。

但使_____城飞将在　　陇上_____归塞草烟
同到牵_____织女家　　腾_____乘雾,终为土灰
相_____有皮,人而无仪　　三更灯火五更_____
猕_____半夜来取栗
双_____傍地走,安能辨我是雄雌
想当年,金戈铁_____,气吞万里如_____
_____ _____食人食而不知检,涂有饿莩而不知发

这些动物组合起来有一个共同的名称,你发现了吗?

 瀚海拾贝

孔子拜师

孔子年轻的时候,就已经是远近闻名的学者了。他总觉得自己的知识还不够渊博,于是离开家乡,去洛阳拜大思想家老子为师。在洛阳城外,孔子看见一位七十多岁的老人,看上去很有学问。孔子想,这位老人大概就是我要拜访的老师吧,于是上

前行礼拜见:"老人家,您就是老聃先生吧?""你是?"老人见这位风尘仆仆的年轻人一眼就认出了自己,有些纳闷。孔子连忙说:"学生孔丘,特地来拜见老师,请收下我这个学生。"老子说:"你就是仲尼啊,听说你要来,我就在这儿迎候。研究学问你不比我差,为什么还要拜我为师呢?"孔子听了再次行礼,说:"多谢老师等候,学习是没有止境的。您的学问渊博,跟您学习,我一定会大有长进的。"

思考:

根据"孔子拜师"的故事,请谈谈你对"学习是没有止境的"这句话的理解。

专题活动

举办"国学经典我来教"主题活动。

(提示:每天或每周利用早读课,抽出十分钟左右时间让学生轮流担任国学小老师,讲授国学知识。教师根据主讲学生的表现,结合其他学生的反馈,按周或月评选出班级"国学之星",再以班级为参赛单位,组织校级"国学之星"的评比活动。)

诗经·二子乘舟

【先秦】佚 名

二子乘舟,泛泛其景。愿言思子,中心养养①。
二子乘舟,泛泛其逝。愿言思子,不瑕②有害?

诗经·木瓜

【先秦】佚 名

投我以木瓜,报之以琼琚③。匪④报也,永以为好也。
投我以木桃,报之以琼瑶。匪报也,永以为好也。
投我以木李,报之以琼玖。匪报也,永以为好也。

诵读指导

两篇《诗经》选文从友情的角度阐释了"和谐"的内涵。
《二子乘舟》描绘的是送别场景,兄弟情深溢于言表;
《木瓜》篇体现的关键词是:珍惜、感恩。

---

①养养(yáng):心中烦躁不安。②不瑕:不无,疑惑之词。③琼琚(jū):美玉,与后"琼玖""琼瑶"同。④匪:非。

别董大二首·其一

【唐】高 适

千里黄云白日曛,北风吹雁雪纷纷。
莫愁前路无知己,天下谁人不识君。

送元二使安西

【唐】王 维

渭城朝雨浥轻尘,客舍青青柳色新。
劝君更尽一杯酒,西出阳关无故人。

诵读指导

　　同是赠别诗,《别董大二首·其一》慷慨雄壮,鼓舞人心。《送元二使安西》别情绵绵,依依不舍。两首诗传递的一致主题是友情。

天时不如地利,地利不如人和（节选《孟子》）

　　孟子曰,天时不如地利,地利不如人和。三里之城,七里之郭,环而攻之而不胜。夫环而攻之,必有得天时者矣,然而不胜者,是天时不如地利也。城非不高也,池非不深也,兵革非不坚利也,米粟非不多也,委而去之,是地利不如人和也。

　　故曰,域民不以封疆之界,固国不以山溪之险,威天下不以兵革之利。得道者多助,失道者寡助。寡助之至,亲戚畔①之。多助之至,天下顺之。以天下之所顺,攻亲戚之所畔,故君子有不战,战必胜矣。

诵读指导

　　本文是孟子政论散文之名篇,体现了孟子的仁政思想,强调"施行仁政"是"促进人和"的必要条件,更是决定战争胜负和国运兴衰的主要因素。要想成功,离不开天时、地利和人和,人和最重要。

---

①畔:通"叛"。

圣王之制(节选《荀子》)

　　圣王之制也,草木荣华滋硕之时则斧斤不入山林,不夭其生,不绝其长也;鼋①、鼍②、鱼、鳖、鳅、鳝孕别之时,罔罟③、毒药不入泽,不夭其生,不绝其长也;春耕、夏耘、秋收、冬藏四者不失时,故五谷不绝而百姓有余食也;污池渊沼川泽谨其时禁,故鱼鳖优多而百姓有余用也;斩伐养长不失其时,故山林不童④而百姓有余材也。

诵读指导

　　人与自然和谐相处,是中华民族生生不息的动力源。

---

①鼋(yuán):大鳖。②鼍(tuó):扬子鳄。③罔罟(wǎng gǔ)指渔猎的网具。④童:荒,山无草木。

伯牙善鼓琴（节选《列子》）

伯牙善鼓琴，钟子期善听。伯牙鼓琴，志在登高山。钟子期曰："善哉，峨峨兮若泰山！"志在流水，钟子期曰："善哉，洋洋兮若江河！"伯牙所念，钟子期必得之。

伯牙游于泰山之阴，卒逢暴雨，止于岩下；心悲，乃援琴而鼓之。初为霖雨之操，更造崩山之音。曲每奏，钟子期辄①穷其趣。伯牙乃舍琴而叹曰："善哉，善哉，子之听夫，志想象犹吾心也。吾于何逃声哉？"

诵读指导

"高山流水"是友情知己的范本，它确立了中华民族高尚和谐的人际关系标准。

---

①辄(zhé)：每每，总是。

同心四则

同心合意,庶几有成。

——班固《汉书·匡衡传》

二人同心,其利断金;同心之言,其臭①如兰。

——《周易·系辞上》

集众思,广忠益。

——诸葛亮《与群下教》

人心齐,泰山移……一花独放不是春,万紫千红春满园。

——《增广贤文·合作篇》

诵读指导

"同心"是中华传统文化的核心价值观。只有同心协力,团结一致,才能取得进步,收获成功。

---

①臭(xiù):气味。

活 动 设 计

 拓展练习

根据提示完成古诗词接龙练习。想一想,这些句子出自哪里?

春潮带雨晚来急,野渡无人舟自____看成岭侧成峰,远近高低各不____心而离居,忧伤以终____夫聊发少年狂,左牵黄,右擎____龙阙下君不来,白鹤山前我应____年今日此门中,人面桃花相映____藕香残玉簟秋。轻解罗裳,独上兰____行碧波上,人在画中游。

 瀚海拾贝

六尺巷

清康熙年间,张英担任文华殿大学士兼礼部尚书。他老家桐城的官邸与吴家为邻,两家院落之间有条巷子,供双方出入使用。后来吴家要建新房,想占这条路,张家人不同意。双方争执不下,将官司打到当地县衙。县官考虑到两家都是名门望族,不敢轻易判案。

这时,张家人一气之下写封加急信送给张英,要求他出面解决。张英看了信后,认为应该谦让邻里。他在给家里的回信中写了四句话:"千里来书只为墙,让他三尺又何妨?万里长城今犹在,不见当年秦始皇。"家人看后,主动让出三尺空地。吴家见状,深受感动,也主动让出三尺空地。"六尺巷"由此得名。

思考:

如果你是张英,你会怎么做?如果让你回信,该如何表达张英的意思呢?

 专题活动

举办国学经典配乐朗诵大赛。

(提示:例如以中国古典十大名曲之一的《春江花月夜》配合古诗《春江花月夜》进行朗诵。)

游子吟

【唐】孟 郊

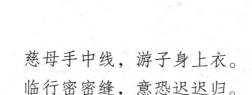

慈母手中线,游子身上衣。
临行密密缝,意恐迟迟归。
谁言寸草心,报得三春晖。

诵读指导

这是一首母爱的颂歌,更是一曲孝心的赞歌。诗人早年漂泊无依,一生贫困潦倒,饱尝世态炎凉,愈觉亲情之可贵。

经典解疑

"谁言寸草心,报得三春晖":稚嫩的小草难以报答春日阳光的惠泽之恩,这里比喻为子女难以报答母亲的哺育之情。

孝道四则

子曰:父母在,不远游,游必有方。

——《论语·里仁》

子游问孝。子曰:今之孝者,是谓能养。至于犬马,皆能有养;不敬,何以别乎?

——《论语·为政》

孟子曰,不得乎亲,不可以为人;不顺乎亲,不可以为子。舜尽事亲之道而瞽瞍①厎豫②,瞽瞍厎豫而天下化,瞽瞍厎豫而天下之为父子者定,此之谓大孝。

——《孟子·离娄上》

子曰:孝,德之始也;悌,德之序也;信,德之厚也;忠,德之正也。

——《孔子家语·弟子行》

诵读指导

百善孝为先,中华美德传万代。

---

①瞽瞍(gǔ sǒu):人名,舜的父亲。 ②厎豫(dǐ yù):得以欢乐。

诚信四则

曾子曰:吾日三省吾身:为人谋而不忠乎?与朋友交而不信乎?传不习乎?

——《论语·学而》

诚者,天之道也;思诚者,人之道也。至诚而不动者,未之有也;不诚,未有能动者也。

——《孟子·离娄上》

诚者物之终始,不诚无物。是故君子诚之为贵。

——《礼记·中庸》

人必以忠信为本,无友不如己者,无忠信者也。子以四教:文、行、忠、信。忠信礼之本,人无忠信,则不可以为学。

——程颢《河南程氏外书》

诵读指导

诚信是中华民族的优良道德传统,也是我们为人处事的基本原则。诚而有信,方能立世。

大学①之道（节选《礼记》）

【春秋】曾 参

　　大学之道，在明②明德，在亲民，在止于至善。知止而后有定，定而后能静，静而后能安，安而后能虑，虑而后能得。物有本末，事有终始，知所先后，则近道矣。

　　古之欲明明德于天下者，先治其国；欲治其国者，先齐其家；欲齐其家者，先修其身；欲修其身者，先正其心；欲正其心者，先诚其意；欲诚其意者，先致其知，致知在格物③。物格而后知至，知至而后意诚，意诚而后心正，心正而后身修，身修而后家齐，家齐而后国治，国治而后天下平。自天子以至于庶人，壹是④皆以修身为本。其本乱而末治者，否矣。其所厚者薄，而其所薄者厚，未之有也。此谓知本，此谓知之至也。

　　"三纲八目"是儒家道德的核心要求。它告诉人们要不断加强自身道德修养，提升个人的人格境界。

---

①大学：博学。②明：发明、宏扬。③格物：认识、研究万事万物。④壹是：一切。

自新四则

三人行,必有我师焉,择其善者而从之,其不善者而改之。

——《论语·述而》

人谁无过,过而能改,善莫大焉。

——《左传·宣公二年》

见兔而顾犬,未为晚也;亡羊而补牢,未为迟也。

——《战国策·楚策》

务要日日知非,日日改过;一日不知非,即一日安于自是;一日无过可改,即一日无步可进。

——袁了凡《了凡四训》

诵读指导

　　自新,认识错误后主动改正,重新做人。改过自新不仅是一种态度,也是一种高尚品德。

陈情表（节选）

【三国】李 密

臣密言：臣以险衅①，夙遭闵凶。生孩②六月，慈父见背③；行年四岁，舅夺母志。祖母刘，愍臣孤弱，躬亲抚养。臣少多疾病，九岁不行，零丁孤苦，至于成立。既无伯叔，终鲜兄弟，门衰祚④薄，晚有儿息⑤。外无期功强近之亲，内无应门五尺之僮，茕茕⑥孑立，形影相吊。而刘夙婴⑦疾病，常在床蓐⑧，臣侍汤药，未曾废离。

伏惟圣朝以孝治天下，凡在故老，犹蒙矜育，况臣孤苦，特为尤甚。且臣少仕伪朝，历职郎署，本图宦达，不矜名节。今臣亡国贱俘，至微至陋，过蒙拔擢，宠命优渥，岂敢盘桓，有所希冀。但以刘日薄西山，气息奄奄，人命危浅，朝不虑夕。臣无祖母，无以至今日，祖母无臣，无以终余年。母孙二人，更相为命，是以区区不能废远。

臣密今年四十有四，祖母刘今年九十有六，是臣尽节于陛下之日长，报刘之日短也。乌鸟私情，愿乞终养。臣之辛苦，非独蜀之人士，及二州牧伯，所见明知，皇天后土，实所共鉴。愿陛下矜愍愚诚，听臣微志，庶⑨刘侥幸，卒保⑩余年。臣生当陨首，死当结草。臣不胜犬马怖惧之情，谨拜表以闻。

诵读指导

"表",奏章的一种,多用于臣下向君主陈请谢贺。本文是李密向晋武帝司马炎上的表文,写于泰始三年(267)。文中叙述了自己幼年的不幸遭遇,家中的孤苦情况,以及祖母与自己的特殊关系,委婉地陈述了自己屡次辞谢征召的原因。既表达了对武帝的感激之情,又申述了终养祖母以尽孝道的决心。文辞恳切,感人至深。后人赞其"沛然从肺腑中流出,殊不见斧凿痕"。

---

①险衅:凶险祸患,这里指命运不好。②孩:通"咳(hái)",小儿笑的样子。③见背:逝世的隐讳说法。见:遭受。④祚(zuò):福分。⑤儿息:儿子。⑥茕茕(qióng qióng):孤单的样子。⑦婴:缠绕,这里指疾病缠身。⑧蓐:rù。⑨庶:庶几,或许。表示希望或推测。⑩保:安(定)。

活动设计

 拓展练习

古代有位厨师擅长吟诗作赋。他每做一道菜,都能对出一句优美的诗句来。一位秀才故意出难题,只给了这个厨师两个鸡蛋、一棵青菜,要他做几道菜,并且每道菜都可以用一句古诗描述。厨师欣然接受,一会儿功夫就做出四道菜。第一道菜:在盘中放两个煮熟了的鸡蛋黄,在鸡蛋黄下面配上几根青菜丝;第二道菜:在盘中放上一整块青菜叶,把熟鸡蛋白切成小块,斜着排成一字形放在青菜叶上;第三道菜:清炒蛋白,堆成一撮,直立在盘中;第四道菜:一碗清汤,上面漂着一只蛋壳。

1.你知道这四道菜表示哪四句诗吗?试着写下来。(提示:注意表示颜色与数量的字:两、一、黄、白。)

_____,_____。

_____,_____。

2.你知道这首诗的作者吗?_____

瀚海拾贝

季子挂剑

延陵季子将西聘晋,带宝剑以过徐君。徐君观剑,不言而色欲之。延陵季子为有上国之使,未献也,然其心许之矣,使于晋,顾反,则徐君死于楚,于是脱剑致之嗣君。……嗣君曰:"先君无命,孤不敢受剑。"于是季子以剑带徐君墓树而去。徐人嘉而歌之曰:"延陵季子兮不忘故,脱千金之剑兮带丘墓。"

——《新序·节士》

从这则故事中,我们可以看出:季子是个明礼守信的人,他已经答应将宝剑赠与徐君,但因要出使上国,无剑则会失礼。所以他先带剑出使上国,回来之后再将宝剑赠与徐君。徐君虽已过世,季子仍不忘誓言,将宝剑挂在徐君墓前的树上。

思考:

徐君已过世,季子究竟还要不要把宝剑赠与徐君呢?为什么?

 专题活动

举办"国学之窗"网页设计大赛。(提示:网页内容可以是班级开展的各项与国学有关的活动,体现特色。)

论语五则

子曰：君子喻①于义，小人喻于利。

——《论语·里仁》

子曰：君子欲讷于言而敏于行。

——《论语·里仁》

子曰：岁寒，然后知松柏之后凋也。

——《论语·子罕》

曾子曰：士不可以不弘毅②，任重而道远。仁以为己任，不亦重乎？死而后已，不亦远乎？

——《论语·泰伯》

子曰：见贤思齐焉，见不贤而内自省也。

——《论语·里仁》

诵读指导

孔子告诉我们，君子在修身做人方面的人格追求是重义、谦逊、坚毅、自省。这也是中华传统文化的核心道德准则。

---

①喻：使……明白。②弘毅：胸怀宽广，意志坚强。

龟虽寿

【东汉】曹　操

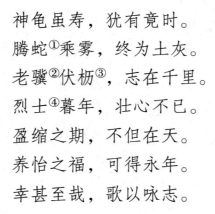

神龟虽寿，犹有竟时。
腾蛇①乘雾，终为土灰。
老骥②伏枥③，志在千里。
烈士④暮年，壮心不已。
盈缩之期，不但在天。
养怡之福，可得永年。
幸甚至哉，歌以咏志。

芙蓉楼送辛渐二首·其一

【唐】王昌龄

寒雨连江夜入吴，平明送客楚山孤。
洛阳亲友如相问，一片冰心在玉壶。

感遇·其七

【唐】张九龄

江南有丹橘，经冬犹绿林。
岂伊地气暖？自有岁寒心。
可以荐嘉客，奈何阻重深。
运命唯所遇，循环不可寻。
徒言树桃李，此木岂无阴？

诵读指导

《龟虽寿》抒发了作者不甘衰老、不信天命、奋斗不息，对伟大理想的追求永不停止的壮志豪情。

《芙蓉楼送辛渐二首·其一》中，诗人以晶莹透明的冰心玉壶自喻，其高洁形象自然树立，也将一捧相思情推向了高处。

诗人在《感遇·其七》中以丹橘自喻，来比喻自己坚持自我、不随波逐流的高尚人格。

---

①腾蛇：传说中与龙同类的神物，能乘云雾升天。②骥(jì)：良马，千里马。③枥：马槽。④烈士：刚烈之士，指有远大抱负的人。

生于忧患死于安乐

【战国】孟　子

　　舜发于畎亩①之中，傅说②举于版筑之中，胶鬲③举于鱼盐之中，管夷吾举于士，孙叔敖举于海，百里奚举于市。

　　故天将降大任于是人也，必先苦其心志，劳其筋骨，饿其体肤，空乏其身，行拂乱其所为，所以动心忍性，曾④益其所不能。

　　人恒过，然后能改；困于心，衡于虑，而后作；征于色，发于声，而后喻。入则无法家拂士，出则无敌国外患者，国恒亡。

　　然后知生于忧患，而死于安乐也。

诵读指导

　　春秋战国时期，战乱纷争，无论国家还是个人，要想立于不败之地，都要奋发图强，积极进取。本文是孟子伦理散文的名篇，以无可辩驳的说理鼓励了全天下所有心怀壮志的人们，不论身处逆境还是顺境，都要牢记"忧患能使人或国家生存发展，安乐会使人或国家走向灭亡"的真理。在磨砺中成长，在奋进中崛起，只有这样才能担当起中华民族复兴的重任。

---

①畎亩（quǎn mǔ）：田间，田野。②傅说（yuè）：殷商时期著名贤臣。③胶鬲（jiāo gé）：原为纣王大夫，后隐遁经商，贩卖鱼盐。④曾：同"增"。

报任安书（节选《汉书·司马迁传》）

【西汉】司马迁

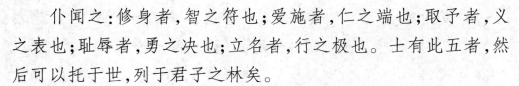

　　仆闻之：修身者，智之符也；爱施者，仁之端也；取予者，义之表也；耻辱者，勇之决也；立名者，行之极也。士有此五者，然后可以托于世，列于君子之林矣。

　　人固有一死，或重于泰山，或轻于鸿毛，用之所趋异也。猛虎在深山，百兽震恐，及在槛阱之中，摇尾而求食，积威约之渐也。故士有画地为牢，势不可入；削木为吏，议不可对，定计于鲜也。

　　夫人情莫不贪生恶死，念父母，顾妻子，至激于义理者不然，乃有所不得已也。仆虽怯懦，欲苟活，亦颇识去就之分矣，何至自沉溺缧绁①之辱哉！所以隐忍苟活，幽于粪土之中而不辞者，恨私心有所不尽，鄙陋没世而文采不表于后世也。

　　古者富贵而名摩灭，不可胜记，唯倜傥②非常之人称焉。盖文王拘而演《周易》；仲尼厄而作《春秋》；屈原放逐，乃赋《离骚》；左丘失明，厥③有《国语》；孙子膑脚④，《兵法》修列；不韦迁蜀，世传《吕览》；韩非囚秦，《说难》《孤愤》；《诗》三百篇，大底圣贤发愤之所为作也。此人皆意有所郁结，不得通其道，故述往事，思来者。乃如左丘无目，孙子断足，终不可用，退而论书策，以舒其愤,思垂空文以自见。

仆窃不逊,近自托于无能之辞,网罗天下放失⑤旧闻,略考其行事,综其终始,稽其成败兴坏之纪,上计轩辕,下至于兹,为十表,本纪十二,书八章,世家三十,列传七十,凡百三十篇。亦欲以究天人之际,通古今之变,成一家之言。草创未就,会遭此祸,惜其不成,是以就极刑而无愠色。仆诚以著此书,藏之名山,传之其人,通邑大都,则仆偿前辱之责,虽万被戮,岂有悔哉!然此可为智者道,难为俗人言也!

诵读指导

本文是西汉史学家、文学家司马迁写给友人任安的一封信。信中,司马迁用千回百转之笔,真切地表达了自己的光明磊落之志、愤激不平之气和九曲回肠之情,表现其峻洁的人品和伟大的精神。

经典解疑

"究天人之际,通古今之变,成一家之言":探求天道与人事之间的关系,贯通古往今来变化的脉络,成就一家独特的言论。

---

①缧绁(léi xiè):捆绑犯人的绳索。借指监狱;囚禁。②倜傥:卓越豪迈,才华不凡。③厥:乃,于是。④膑(bìn)脚:古代酷刑之一,削去膝盖骨。⑤失(yì):通"佚",散失。

君子品德

天行健，君子以自强不息。地势坤，君子以厚德载物。

——《周易》

子曰：夫昔者君子比德于玉焉：温润而泽，仁也；缜密以栗，知也；廉而不刿，义也；垂之如队①，礼也；叩之，其声清越以长，其终诎然，乐也；瑕不掩瑜，瑜不掩瑕，忠也；孚尹②旁达，信也；气如白虹，天也；精神见于山川，地也；圭璋特达，德也。天下莫不贵者，道也。

——《礼记·聘义》

夫君子之行，静以修身，俭以养德。非澹泊无以明志，非宁静无以致远。夫学须静也，才须学也，非学无以广才，非志无以成学。淫慢③则不能励精，险躁则不能治性。年与时驰，意与日去，遂成枯落，多不接世，悲守穷庐，将复何及。

——诸葛亮《诫子书》

诵读指导

君子十品：量大、不争、和气、助人、重义、求己、成人之美、胸怀宽广、仁德如风、和而不同。

---

①队：通"坠"。②孚尹：玉的色彩。孚通"浮"，尹通"筠"。③淫慢：过度的享乐，懈怠。淫：过度。

力行两篇

石钟山记(节选)

【北宋】苏 轼

事不目见耳闻,而臆断其有无,可乎?郦元之所见闻,殆与余同,而言之不详;士大夫终不肯以小舟夜泊绝壁之下,故莫能知;而渔工水师,虽知而不能言。此世所以不传也。而陋者乃以斧斤考击而求之,自以为得其实。余是以记之,盖叹郦元之简,而笑李渤之陋也。

答曹元可(节选)

【南宋】朱 熹

为学之实,固在践履。苟徒知而不行,诚与不学无异。然欲行而未明于理,则所践履者,又未知其果何事也。

诵读指导

苏文重在治事,朱文重在治学,皆指向同一个道理:不做理论的侏儒,要做实践的巨人。

君子四有

治人者必先自治,责人者必先自责,成人者必先自成。

——钱琦《钱公良测语·规世》

学如弓弩,才如箭镞①。识以领之,方能中鹄②。

——袁枚《续诗品·尚识》

盖士人读书,第一要有志,第二要有识,第三要有恒。有志则断不甘为下流;有识则知学问无尽,不敢以一得自足,如河伯之观海,如井蛙之窥天,皆无识者也;有恒则断无不成之事。此三者缺一不可。

——曾国藩《曾国藩家书·与诸弟书》

海纳百川,有容乃大;壁立千仞,无欲则刚。

——林则徐《书两广总督府对联》

指导

　　学做"四有"学子:有志,有识,有责,有容。这也是中华传统君子文化的核心价值取向。

---

①箭镞(jiàn zú):箭头上的金属尖物。②中鹄(zhòng hú):射中靶子。

活动设计

 拓展练习

古诗之"最",根据提示,完成下列练习。

例如:最深的友情——桃花潭水深千尺,不及汪伦送我情。

1. 最高的楼宇——_____,手可摘星辰。
2. 最长的____——白发三千丈,_____。
3. 最快的游船——两岸猿声啼不住,_____。
4. 最大的____——_____,疑是银河落九天。

你还能想到哪些古诗之"最"呢?

 瀚海拾贝

不为五斗米折腰

潜叹曰:吾不能为五斗米折腰,拳拳事乡里小人邪!

——《晋书·陶潜传》

公元405年秋,陶渊明为了养家糊口,来到离家乡不远的彭泽当县令。这年冬天,他到任八十一天时,碰到浔阳郡派遣督邮来检查公务。浔阳郡的督邮刘云以凶狠贪婪闻名远近,每年两次以巡视为名向各县索要贿赂,每次都是满载而归,若索贿不成便栽赃陷害。刘云一到彭泽的旅舍,就差县吏去叫县令来见他。陶渊明向来蔑视功名富贵,不肯趋炎附势,但又不得不见,于是他马上动身。不料县吏拦住陶渊明说:"大人,我们应当穿戴整齐,备好礼品,恭恭敬敬地去迎接督邮。"这下,陶渊明再也忍受不下去了。他长叹一声,道:"我不能为五斗米向小人折腰。"说罢,索性取出官印,把它封好,写了一封辞职信,随即离开了只当了八十多天县令的彭泽县。

思考:
1.结合陶渊明的品性,替他写一封辞职信。
2.假如你是陶渊明,你会辞职吗?面对凶狠贪婪、粗俗傲慢的督邮,你会怎么处理?

 专题活动

举办国学人物汉服设计大赛。

(提示:例如,结合《论语》,查阅资料,为孔子设计一件衣服。各班根据实际情况,在条件允许的情况下,让学生将设计的作品制作出来,举办"汉服时装秀"活动。)

领悟篇

- **123** 万物有灵
- **134** 物候锦时
- **144** 人生感悟
- **155** 大美安徽

敕勒①歌（选自《乐府诗集》）

【北朝】佚 名

敕勒川，阴山下。天似穹庐，笼盖四野。天苍苍，野茫茫，风吹草低见②牛羊。

忆江南·其一

【唐】白居易

江南好，风景旧曾谙③。日出江花红胜火，春来江水绿如蓝。能不忆江南？

诵读指导

不同点：前诗勾勒出一幅北国风光图，重在环境的点染；后诗描绘出一幅江南春景图，重在色彩的渲染。相同点：语言简明，意韵深长。

---

①敕勒（chì lè）：即铁勒，我国古代北方民族。②见（xiàn）：显露。③谙（ān）：熟悉。

入若耶溪①

【南朝】王　籍

艅艎何泛泛，空水共悠悠。
阴霞生远岫②，阳景逐回流。
蝉噪林逾静，鸟鸣山更幽。
此地动归念，长年悲倦游。

鸟鸣涧

【唐】王　维

人闲桂花落，夜静春山空。
月出惊山鸟，时鸣春涧中。

---

①若耶溪（ruò yē xī）：溪水名。在今浙江绍兴南若耶山下。②远岫（xiù）：远处的峰峦，这里指若耶山、云门山等隐现的高山。

题李凝幽居

【唐】贾 岛

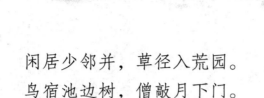

闲居少邻并,草径入荒园。
鸟宿池边树,僧敲月下门。
过桥分野色,移石动云根。
暂去还来此,幽期不负言。

诵读指导

　　王籍诗蕴含的是长久羁留他乡的思归之念;王维诗表现的是春夜静谧安详之美,洋溢着浓浓的禅意;贾岛诗表达了对隐居生活的向往。三首诗都是通过以动写静的手法来衬托主题的。

绝句四首

蝉

【唐】虞世南

垂緌①饮清露,流响出疏桐。
居高声自远,非是藉②秋风。

江畔独步寻花七绝句·其六

【唐】杜 甫

黄四娘家花满蹊,千朵万朵压枝低。
留连戏蝶时时舞,自在娇莺恰恰啼。

绝 句

【唐】杜 甫

两个黄鹂鸣翠柳,一行白鹭上青天。
窗含西岭千秋雪,门泊东吴万里船。

小 池

【南宋】杨万里

泉眼无声惜细流,树阴照水爱晴柔。
小荷才露尖尖角,早有蜻蜓立上头。

诵读指导

　　四首绝句,构成四幅生动的风物长卷,表现了大自然中万物亲密和谐的关系。

---

①垂绥(ruí):古代官帽打结下垂的部分,蝉的头部有伸出的触须,形状好像下垂的冠缨。
②藉(jiè):凭借、依赖。

爱莲说

【北宋】周敦颐

　　水陆草木之花，可爱者甚蕃①。晋陶渊明独爱菊，自李唐来，世人甚爱牡丹。予独爱莲之出淤泥而不染，濯清涟而不妖，中通外直，不蔓不枝，香远益清，亭亭净植，可远观而不可亵②玩焉。

　　予谓菊，花之隐逸者也；牡丹，花之富贵者也；莲，花之君子者也。噫③！菊之爱，陶之后鲜④有闻。莲之爱，同予者何人？牡丹之爱，宜乎众矣！

诵读指导

　　周敦颐，北宋哲学家，宋明理学创始人之一，其平生酷爱莲花。在中国文化中，莲被赋予清纯、高洁、正直等品质，到《爱莲说》中，周敦颐以"莲"象征君子，既表现了对理想人格的肯定和追求，也表达了其追求洁身自好的美好情操。

---

①蕃（fán）：多。②亵（xiè）：亲近而不庄重。③噫（yī）：感叹词，相当于"啊"。④鲜（xiǎn）：少。

与宋元思书

【南朝】吴 均

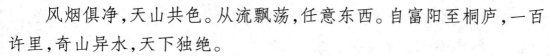

风烟俱净,天山共色。从流飘荡,任意东西。自富阳至桐庐,一百许里,奇山异水,天下独绝。

水皆缥碧,千丈见底。游鱼细石,直视无碍。急湍甚箭,猛浪若奔。

夹岸高山,皆生寒树,负势竞上,互相轩邈①,争高直指,千百成峰。泉水激石,泠泠②作响;好鸟相鸣,嘤嘤成韵。蝉则千转不穷,猿则百叫无绝。鸢飞戾天③者,望峰息心;经纶世务者,窥谷忘反。横柯上蔽,在昼犹昏;疏条交映,有时见日。

答谢中书书

【南朝】陶弘景

　　山川之美,古来共谈。高峰入云,清流见底。两岸石壁,五色交辉。青林翠竹,四时俱备。晓雾将歇,猿鸟乱鸣;夕日欲颓④,沉鳞竞跃。实是欲界之仙都,自康乐以来,未复有能与其奇者。

诵读指导

　　《与宋元思书》和《答谢中书书》被誉为"六朝书札双璧",两文情景并茂,呈现出一幅美妙绝伦的江南山水画卷,抒发了作者寄情山水、厌弃尘俗的清高思想。前文运用了动静结合的手法,写景更具体;后文侧重对静态景物的描摹。

---

①轩邈(xuān miǎo):高远。这几句的意思是,这些高山仿佛都在争着往高处和远处伸展。②泠泠(líng líng):拟声词,形容水声的清越。③鸢(yuān)飞戾(lì)天:老鹰高飞入天,这里比喻追求名利极力攀高的人。④颓(tuí):落。

滕王阁序(节选)

【唐】王 勃

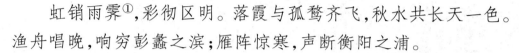

  虹销雨霁①,彩彻区明。落霞与孤鹜齐飞,秋水共长天一色。渔舟唱晚,响穷彭蠡之滨;雁阵惊寒,声断衡阳之浦。

  遥襟甫畅,逸兴遄飞。天高地迥,觉宇宙之无穷;兴尽悲来,识盈虚之有数。望长安于日下,目吴会于云间。地势极而南溟深,天柱高而北辰远。关山难越,谁悲失路之人;萍水相逢,尽是他乡之客。

  嗟乎!时运不齐,命途多舛。冯唐易老,李广难封。屈贾谊于长沙,非无圣主;窜梁鸿于海曲,岂乏明时?所赖君子见机,达人知命。老当益壮,宁②移白首之心;穷且益坚,不坠青云之志。

诵读指导

  《滕王阁序》原名《秋日登洪府滕王阁饯别序》,作者是初唐四杰之一的王勃。全文融写景、叙事、抒情为一体,给人以无限遐想。同时,抒发了王勃渴望建立功业的抱负,以及怀才不遇的愤懑心情。

---

①霁(jì):雨雪停止,天放晴。②宁:怎么,难道。

活动设计

 拓展练习

根据提示填空。

	（ ）		凌寒（ ）自开
江（ ）可采莲		钓
好		寒
秋（ ）萧瑟，洪波涌起	（ ）来（ ）水绿如蓝
景	眠 雪
旧	不
曾	觉

明月不（ ）离恨苦， 斜光到（ ）穿朱户

填字格中包含哪几首古诗词？请说出它们的作者。

 瀚海拾贝

折柳相赠

上马不捉鞭，反折杨柳枝。蹀座吹长笛，愁杀行客儿。

——《乐府诗集·折杨柳歌辞》

折杨柳是古代送别的习俗,送者、行者常折柳以为留念。分别时为什么要折柳相送呢?应当有三个原因:第一,谐音感怀。"柳"谐"留"音,赠柳表示留念,一为不忍分别,二为永不忘怀。第二,理想寄托。柳树生命力强,适合赠给远行之人,祝愿他们到了异地后,能够很快地融入当地的人群中,一切顺心如意。第三,文化传承。《诗经》中记载:"昔我往矣,杨柳依依;今我来思,雨雪霏霏。""杨柳依依"表达了战士出征前怀家恋土的离情别绪,为后来的送别诗奠定了文化基调。

思考:

1.你能想到哪些关于柳树的古诗词?

2.古诗词中常常使用特定的意象来表达某种情感,例如用"柳"表达离别、思乡之情。你还能想到哪些意象呢?它们用于表达怎样的感情?(提示:例如月亮、杜鹃、梅花等。)

 专题活动

举办唐诗听写大赛。

(提示:可以参照中央电视台中国诗词大会的形式制订具体活动方案。)

四 时

【东晋】陶渊明

春水满四泽,夏云多奇峰。
秋月扬明晖,冬岭秀寒松。

诵读指导

　　陶渊明,中国古代最著名的山水田园诗人。《四时》诗选取四季典型之景:春水、夏云、秋月、冬松,加以吟咏,有如四幅优美的素描风景画。

　　为加深对四时之景的感受与体悟,我们另精选了八首经典作品作为吟诵对象。

春

钱塘湖春行

【唐】白居易

孤山寺北贾亭西,水面初平云脚低。
几处早莺争暖树,谁家新燕啄春泥。
乱花渐欲迷人眼,浅草才能没①马蹄。
最爱湖东行不足,绿杨阴里白沙堤。

村 居

【清】高 鼎

草长莺飞二月天,拂堤杨柳醉春烟。
儿童散学归来早,忙趁东风放纸鸢。

---

①没(mò):盖过。这里指草的长度刚刚超过马蹄。

夏

山亭夏日

【唐】高 骈

绿树阴浓夏日长,楼台倒影入池塘。
水晶帘动微风起,满架蔷薇一院香。

晓出净慈寺送林子方二首·其二

【南宋】杨万里

毕竟西湖六月中,风光不与四时同。
接天莲叶无穷碧,映日荷花别样红。

秋

秋　词

【唐】刘禹锡

自古逢秋悲寂寥，我言秋日胜春朝。
晴空一鹤排云上，便引诗情到碧霄。

天净沙·秋思

【元】马致远

枯藤老树昏鸦，小桥流水人家，古道西风瘦马。
夕阳西下，断肠人在天涯。

领悟篇·物候锦时

冬

白雪歌送武判官归京

【唐】岑 参

北风卷地白草折，胡天八月即飞雪。
忽如一夜春风来，千树万树梨花开。
散入珠帘湿罗幕，狐裘不暖锦衾①薄。
将军角弓不得控，都护铁衣冷难着。
瀚海阑干百丈冰，愁云惨淡万里凝。
中军置酒饮归客，胡琴琵琶与羌笛。
纷纷暮雪下辕门，风掣②红旗冻不翻。
轮台东门送君去，去时雪满天山路。
山回路转不见君，雪上空留马行处。

江 雪

【唐】柳宗元

千山鸟飞绝，万径人踪灭。
孤舟蓑笠翁，独钓寒江雪。

---

①锦衾(qīn)：锦缎被子。②掣(chè)：拉拽。

节

节气歌

春雨惊春清谷天,夏满芒夏暑相连。
秋处露秋寒霜降,冬雪雪冬小大寒。
上半年是六廿①一,下半年来八廿三。
每月两节日期定,最多相差一两天。

诵读指导

　　我国古代历法根据太阳的运行位置,将一年划分为二十四个节气,对农业生产有重要的指导意义。后人将其编成诗歌形式,以便于记诵。
　　为增强对自然物候和时节时令的领悟,我们选取一些吟咏传统节日的作品作为诵读对象。

元 日

【北宋】王安石

爆竹声中一岁除,春风送暖入屠苏②,
千门万户曈曈③日,总把新桃换旧符。

寒 食④

【唐】韩 翃

春城无处不飞花,寒食东风御柳斜⑤。
日暮汉宫传蜡烛,轻烟散入五侯家。

清 明

【唐】杜 牧

清明时节雨纷纷,路上行人欲断魂。
借问酒家何处有?牧童遥指杏花村。

鹊桥仙·七夕

【北宋】秦 观

纤云弄巧,飞星传恨,银汉迢迢暗度。金风玉露一相逢,便胜却人间无数。　　柔情似水,佳期如梦,忍顾鹊桥归路。两情若是久长时,又岂在朝朝暮暮!

水调歌头·丙辰中秋

【北宋】苏 轼

丙辰中秋,欢饮达旦,大醉,作此篇,兼怀子由。

明月几时有?把酒问青天。不知天上宫阙,今夕是何年。我欲乘风归去,又恐琼楼玉宇,高处不胜⑥寒。起舞弄清影,何似在人间?

转朱阁,低绮⑦户,照无眠。不应有恨,何事长向别时圆?人有悲欢离合,月有阴晴圆缺,此事古难全。但愿人长久,千里共婵娟。

---

①廿(niàn):表示计数,一廿为二十。②屠苏:酒名。③曈曈(tóng tóng):日出时光亮而温暖的样子。④寒食:节日名。在清明前一日或二日。相传春秋时晋文公负其功臣介之推,人民同情介之推的遭遇,相约于其忌日禁火冷食,以为悼念。以后相沿成俗,谓之寒食。⑤斜(xiá)。⑥胜(shēng):能承担,能承受。⑦绮户(qǐ):彩饰华丽的门户,也比喻富贵之家。

活动设计

 拓展练习

试着找出与下列古诗句相对应的传统节日并连线。
1. 日暮汉宫传蜡烛,轻烟散入五侯家。　　　　元宵节
2. 爆竹声中一岁除,春风送暖入屠苏。　　　　春节
3. 粽包分两髻,艾束著危冠。　　　　　　　　重阳节
4. 但愿人长久,千里共婵娟。　　　　　　　　端午节
5. 火树银花合,星桥铁锁开。　　　　　　　　中秋节
6. 遥知兄弟登高处,遍插茱萸少一人。　　　　寒食节

你知道这些节日的来历吗?

 瀚海拾贝

诗中有画,画中有诗

味摩诘之诗,诗中有画;观摩诘之画,画中有诗。

——《东坡题跋·书摩诘〈蓝田烟雨图〉》

"诗中有画,画中有诗"形容长于描写景物的诗,也形容诗的意境非常优美。王维既是诗人,又是画家,他不仅能诗善画,

还能将诗与画高度融合,呈现在同一作品中。诗与画的有机融合,是中国画的传统,也是中国画的特点。《宣和画谱》中提到王维的诗句如"落花寂寂啼山鸟,杨柳青青渡水人""行到水穷处,坐看云起时""白云回望合,青霭入看无"之类,给出的评价是"皆所画也"。王维的绘画和诗作笔墨清新,格调高雅,传达出一种诗意的境界。

思考:
在我们学过的诵读选文中,有哪些作品符合"诗中有画,画中有诗"的创作理念?试举一两例并分析。

专题活动

举办古诗文抄录与配画大赛。

(提示:可让学生自由组合,围绕某一具体作品,进行书法与插图创作。)

滕王阁诗

【唐】王 勃

滕王高阁临江渚①,佩玉鸣鸾罢歌舞。
画栋朝飞南浦云,珠帘暮卷西山雨。
闲云潭影日悠悠,物换星移几度秋。
阁中帝子今何在?槛外长江空自流。

诵读指导

　　此诗附于《滕王阁序》末,通过滕王阁的今昔对比抒发了人生无常而宇宙永恒的感慨。

---

①渚(zhǔ):水中小块陆地。

春江花月夜

【唐】张若虚

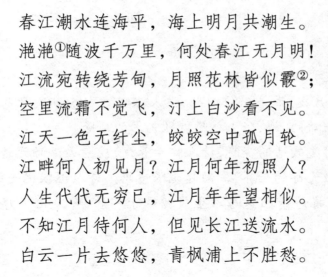

春江潮水连海平,海上明月共潮生。
滟滟①随波千万里,何处春江无月明!
江流宛转绕芳甸,月照花林皆似霰②;
空里流霜不觉飞,汀上白沙看不见。
江天一色无纤尘,皎皎空中孤月轮。
江畔何人初见月?江月何年初照人?
人生代代无穷已,江月年年望相似。
不知江月待何人,但见长江送流水。
白云一片去悠悠,青枫浦上不胜愁。

谁家今夜扁舟子？何处相思明月楼？

可怜楼上月徘徊，应照离人妆镜台。

玉户帘中卷不去，捣衣砧③上拂还④来。

此时相望不相闻，愿逐月华流照君。

鸿雁长飞光不度，鱼龙潜跃水成文。

昨夜闲潭梦落花，可怜春半不还家。

江水流春去欲尽，江潭落月复西斜⑤。

斜月沉沉藏海雾，碣石潇湘无限路。

不知乘月几人归，落月摇情满江树。

诵读指导

　　《春江花月夜》本是乐府旧题，诗人张若虚在南朝民歌基础上推陈出新，摆脱了宫体诗束缚，登上初唐诗歌艺术的顶峰。

　　在一个月光皎洁的夜晚，诗人临于春江边，看着浩瀚无边的江潮及月光下那片清澈无际的世界，牵动起无限情思。诗人讴歌优美的自然，赞颂纯洁的爱情，将诗情画意与人生哲理熔于一炉，营造出一片幽深渺远的意境。

---

①滟(yàn)：水光貌，形容水波闪动的样子。②霰(xiàn)：天空中降落的白色不透明的小冰粒。形容月光下的春花晶莹洁白。③捣衣砧(zhēn)：捣衣石、捶布石。④还(huán)。⑤斜：(xiá)。

登飞来峰

【北宋】王安石

飞来山上千寻塔,闻说鸡鸣见日升。
不畏浮云遮望眼,自缘身在最高层。

题西林壁

【北宋】苏　轼

横看成岭侧成峰,远近高低各不同。
不识庐山真面目,只缘身在此山中。

诵读指导

　　两首诗一脉相承,表现技法相似,王诗就肯定方面而言,苏诗从否定方面来说,指向同一哲理:透过现象看清本质,客观、全面地观察和认识事物。

念奴娇·赤壁怀古

【北宋】苏 轼

　　大江东去,浪淘尽,千古风流人物。故垒西边,人道是、三国周郎赤壁。乱石穿空,惊涛拍岸,卷起千堆雪。江山如画,一时多少豪杰。　　遥想公瑾当年,小乔初嫁了,雄姿英发。羽扇纶①巾,谈笑间、樯橹灰飞烟灭。故国神游,多情应笑我,早生华发。人生如梦,一樽还酹②江月。

---

①纶(guān)。②酹(lèi):古人以酒浇在地上祭奠,这里指洒酒酬月,寄托自己的感情。

临江仙·滚滚长江东逝水

【明】杨 慎

滚滚长江东逝水,浪花淘尽英雄。是非成败转头空。青山依旧在,几度夕阳红。　　白发渔樵江渚上,惯看秋月春风。一壶浊酒喜相逢。古今多少事,都付笑谈中。

诵读指导

同是怀古,苏词借古抒怀,旷达豪迈;杨词追远怀古,看淡功名。

游山西村

【南宋】陆 游

莫笑农家腊酒浑,丰年留客足鸡豚。
山重水复疑无路,柳暗花明又一村。
箫鼓追随春社近,衣冠简朴古风存。
从今若许闲乘月,拄杖无时夜叩门。

诵读指导

　　这是一首山村记游抒情诗,为诗人乾道三年(1167)闲居家乡时所作,表达了作者对山村田园生活的无限深情。颔联蕴含哲理,为千古名句,它启示人们,面对艰难曲折,只要坚定信心,就能战胜困难,出现转机,达到新境界。

兰亭集序(节选)

【东晋】王羲之

永和九年,岁在癸丑,暮春之初,会于会稽山阴之兰亭,修禊①事也。群贤毕至,少长咸集。此地有崇山峻岭,茂林修竹;又有清流激湍,映带左右,引以为流觞曲水②,列坐其次。虽无丝竹管弦之盛,一觞一咏,亦足以畅叙幽情。是日也,天朗气清,惠风和畅,仰观宇宙之大,俯察品类之盛,所以游目骋怀,足以极视听之娱,信可乐也。

诵读指导

东晋永和九年(353)的三月三日,王羲之与孙绰、谢安等四十余人集会于兰亭,会后结诗成集,并由王羲之作序,此序成为一篇脍炙人口的优美散文。作者在表现人生苦短、岁月不居的感叹中,流露出一腔对生命的向往和执着的热情。批判了当时士大夫阶层中崇尚虚无的思想倾向,体现了作者积极入世的人生观。

---

①禊(xì):古代的一种习俗,相当于今天的游春活动。②流觞(shāng)曲(qū)水:古人的一种饮酒方式。

聪训斋语·看山

【清】张 英

　　山色朝暮之变，无如春深秋晚。四月则有新绿，其浅深浓淡，早晚便不同；九月则有红叶，其赭黄茜紫，或暎朝阳，或回夕照，或当风而吟，或带霜而殷，皆可谓佳胜之极。其他则烟岚雨岫，云峰霞岭，变幻顷刻，孰谓看山有厌倦时耶？放翁诗云"游山如读诗，浅深在所得。"故同一登临，视其人之识解学问，以为高下、苦乐，不可得而强也。

诵读指导

　　仁者乐山，智者乐水。山性沉静，仁者喜静，二者不谋而合。看山是一种心境，一种情趣，也是人们修性养生的好方式。在仁者心中，山终是山，人各自得。

拓展练习

写出下列古诗句中的花名。

1. 待到重阳日，还来就_____。
2. 人闲_____落，夜静春山空。
3. 忽如一夜春风来，千树万树_____开。
4. 去年今日此门中，人面_____相映红。
5. 借问酒家何处有？牧童遥指_____村。
6. 接天莲叶无穷碧，映日_____别样红。

瀚海拾贝

贾岛推敲

鸟宿池边树，僧敲月下门。

——《题李凝幽居》

一天，贾岛在驴背上想到了一句诗："鸟宿池边树，僧敲月下门。"他想用"推"字，又想用"敲"字，反复思考都没法确定，便在驴背上继续吟诵，不停做着推和敲的动作，围观的人对此感到惊讶。当时韩愈任京城的代理长官,正带车马出巡,贾岛不知不觉一直走到韩愈仪仗队的第三排,还不停地做推敲的手势,于是一下子就被韩愈的侍从带到韩愈面前。贾岛解释了无意中冲撞的原因。韩愈停下车马思考了好一会儿,对贾岛说:"我看还是用'敲'好,即使夜深人静,拜访友人,敲门代表你是一个有礼貌的人。而且一个'敲'字,使夜静更深之时,多了几分声响。再说,读起来也响亮些。"于是两人并排骑着驴马回家,一同谈论写诗的方法,好几天不舍得分开,韩愈也因此跟贾岛结下了深厚的友谊。

思考:
1. 你认为用"推"字好,还是用"敲"字好?为什么?
2. "推敲"精神的实质是什么?贾岛的"推敲"精神给了你哪些启示?

 专题活动

举办"我与国学"主题演讲或征文大赛。

送温处士①归黄山白鹅峰旧居

【唐】李 白

黄山四千仞,三十二莲峰。
丹崖夹石柱,菡萏②金芙蓉。
伊昔升绝顶,下窥天目松。
仙人炼玉处,羽化留余踪。
亦闻温伯雪,独往今相逢。
采秀辞五岳,攀岩历万重。
归休白鹅岭,渴饮丹砂井。
凤吹我时来,云车尔当整。
去去陵阳东,行行芳桂丛。
回溪十六度,碧嶂尽晴空。
他日还相访,乘桥蹑彩虹。

九华山歌

【唐】刘禹锡

奇峰一见惊魂魄，意想洪炉始开辟。疑是九龙夭矫欲攀天，
忽逢霹雳一声化为石。不然何至今，悠悠亿万年，
气势不死如腾仚③。云含幽兮月添冷，月凝晖兮江漾影。
结根不得要路津，迥秀长在无人境。轩皇封禅登云亭，
大禹会计临东溟，乘樏④不来广乐绝，独与猿鸟愁青荧。
君不见敬亭之山黄索漠，兀如断岸无棱角。
宣城谢守一首诗，遂使声名齐五岳。
九华山，九华山，自是造化一尤物，焉能籍甚乎人间？

题天柱峰

【唐】白居易

太微星斗拱琼宫，圣祖琳宫镇九垓。
天柱一峰擎⑤日月，洞门千仞锁云雷。
玉光白橘相争秀，金翠佳莲蕊斸⑥开。
时访左慈高隐处，紫清仙鹤认巢来。

望天门山

【唐】李 白

天门中断楚江开,碧水东流至北回。
两岸青山相对出,孤帆一片日边来。

黄山绝顶题文殊院五首·其一

【清】魏 源

峰奇石奇松更奇,云飞水飞山亦飞。
华山忽向江南峙,十丈花开一万围。

诵读指导

安徽自古以来多名胜古迹,历代文人墨客在江淮大地留下了众多脍炙人口的诗篇。诵读这些作品,不仅有利于加深对家乡的了解和认识,更对当前推进美好安徽建设有着重要的现实意义。

---

①处士:古称有德才而隐居不愿做官的人;后泛指没做过官的读书人。②菡萏(hàn dàn):荷花的别称。③腾仚(xiān):腾跃。④樏(léi):古人登山的一种用具。⑤擎(qíng):托起,高举。⑥鬪(dòu):这里指争奇斗艳。

醉翁亭记

【北宋】欧阳修

　　环滁皆山也。其西南诸峰,林壑尤美,望之蔚然而深秀者,琅琊也。山行六七里,渐闻水声潺潺,而泻出于两峰之间者,酿泉也。峰回路转,有亭翼然临于泉上者,醉翁亭也。作亭者谁?山之僧曰智仙也。名之者谁?太守自谓也。太守与客来饮于此,饮少辄醉,而年又最高,故自号曰醉翁也。醉翁之意不在酒,在乎山水之间也。山水之乐,得之心而寓之酒也。

　　若夫日出而林霏开,云归而岩穴暝。晦明变化者,山间之朝暮也。野芳发而幽香,佳木秀而繁阴,风霜高洁,水落而石出者,山间之四时也。朝而往,暮而归,四时之景不同,而乐亦无穷也。

　　至于负者歌于途,行者休于树,前者呼,后者应,伛偻①提携,往来而不绝者,滁人游也。临溪而渔,溪深而鱼肥;酿泉为酒,泉香而酒洌;山肴野蔌②,杂然而前陈者,太守宴也。宴酣之乐,非丝非竹,射者中,弈者胜,觥筹交错,起坐而喧哗者,众宾欢也。苍颜白发,颓然③乎其间者,太守醉也。

已而夕阳在山，人影散乱，太守归而宾客从也。树林阴翳④，鸣声上下，游人去而禽鸟乐也。然而禽鸟知山林之乐，而不知人之乐；人知从太守游而乐，而不知太守之乐其乐也。醉能同其乐，醒能述以文者，太守也。太守谓谁？庐陵欧阳修也。

诵读指导

　　欧阳修因参与北宋革新运动，庆历五年(1045)被贬滁州任太守。到任后，他宽简政治、发展生产，使当地人过上了安定祥和的生活。文章描写了滁州一带朝暮四季自然景物不同的幽深秀美，以及作者在山林中与民同游宴饮的乐趣，全文贯穿一个"乐"字，勾勒出一幅生动的与民同乐图，抒发了作者的政治理想和寄情山水以排遣遭受打击的复杂感情。

---

①伛偻(yǔ lǚ)：腰背弯曲的样子，这里指老年人。②野蔌(sù)：野菜。③颓(tuí)然：原意是精神不振的样子，这里是醉醺醺的样子。④翳(yì)：遮盖。

陋室铭

【唐】刘禹锡

山不在高,有仙则名。水不在深,有龙则灵。斯是陋室,惟吾德馨。苔痕上阶绿,草色入帘青。谈笑有鸿儒,往来无白丁。可以调素琴,阅金经。无丝竹之乱耳,无案牍之劳形。南阳诸葛庐,西蜀子云亭。孔子云:何陋之有?

诵读指导

"铭",古代一种刻于金石上的押韵文体,多用于歌功颂德或自警。标题的意思即对作者所居陋室的歌颂。这篇铭文运用托物言志的表现手法,通过赞美简陋的居室,表达了作者不慕私利,不与世俗同流合污的生活态度,以及不求闻达、安贫乐道的生活情趣。

游褒禅山记（节选）

【北宋】王安石

　　褒禅山亦谓之华山,唐浮图慧褒始舍于其址,而卒葬之;以故,其后名之曰褒禅。

　　其下平旷,有泉侧出,而记游者甚众,所谓前洞也。由山以上五六里,有穴窈①然,入之甚寒,问其深,则其好游者不能穷也,谓之后洞。余与四人拥火以入,入之愈深,其进愈难,而其见愈奇。有怠而欲出者,曰:"不出,火且尽。"遂与之俱出。盖余所至,比好游者尚不能十一,然视其左右,来而记之者已少。盖其又深,则其至又加少矣。方是时,余之力尚足以入,火尚足以明也。既其出,则或咎其欲出者,而余亦悔其随之,而不得极②夫游之乐也。

　　于是余有叹焉。古人之观于天地、山川、草木、虫鱼、鸟兽,往往有得,以其求思之深而无不在也。夫夷以近,则游者众;险以远,则至者少。而世之奇伟、瑰怪、非常之观,常在于险远,而人之所罕至焉,故非有志者不能至也。有志矣,不随以止也,然力不足者,亦不能至也。有志与力,而又不随以怠,至于幽暗昏惑而无物以相之,亦不能至也。然力足以至焉,于人为可讥,而在己为有悔;尽吾志也而不能至者,可以无悔矣,其孰能讥之乎？此余之所得也。

余于仆碑，又以悲夫古书之不存，后世之谬其传而莫能名者，何可胜道也哉！此所以学者不可以不深思而慎取之也。

　　宋仁宗至和元年(1054)七月，王安石任舒州通判期满，在离任赴京途中路过褒禅山，写下了这篇游记。本文以游踪为线索，先记游后议论，以议论为主、记游为辅，记游为议论服务。其抒发的心得体会可分为两点：一是强调顽强的意志和百折不挠的进取精神是成功的关键；二是提倡学者必须"深思而慎取"，才会收获真理。今天来看，不仅对治学，对其他领域也有启发意义。

---

①窈(yǎo)然：深远幽静的样子。②极：极尽，满足。

拓展练习

将下列古诗词句填写完整。

1. ____道残阳铺水中　　____更灯火五更鸡
   ____十弦翻塞外声　　天上佳期称____夕
   ____州生气恃风雷

2. 铜雀春深锁____乔　　风光不与____时同
   毕竟西湖____月中　　胡天____月即飞雪
   南朝四百八____寺

3. ____樽清酒斗十千　　病树前头万____春
   ____村山郭酒旗风　　____树银花不夜天
   三十功名尘与____

4. 碧水____流至此回　　____出阳关无故人
   淮____木落楚山多　　王师____定中原日
   多少楼台烟雨____

 瀚海拾贝

安徽三大区域文化

安徽三大区域文化指淮河文化、皖江文化、徽州文化。

淮河文化又称涡淮文化。淮河流域是中华文明的发祥地之一,也是道家学说的发源地。道家思想尤其是老庄派对中国文学艺术的影响极大。

皖江文化历史悠久,博大精深,最著名的是以黄梅戏为代表的戏剧文化。黄梅戏旧称黄梅调或采茶戏,与京剧、越剧、评剧、豫剧并称"中国五大戏曲剧种",也是安徽省的主要戏曲剧种。

徽州文化即徽文化,又称为新安文化。徽派建筑是徽文化的典型代表,它集徽州山川风景之灵气,融风俗文化之精华,风格独特,结构严谨,雕镂精湛,充分体现了鲜明的地方特色,尤以民居、祠堂和牌坊最为典型,被誉为"徽州古建三绝",为中外建筑界所重视和叹服。

思考:

1.假如让你担任家乡的"文化形象大使",你会如何宣传、介绍你的家乡呢?

2.查阅资料,了解一下安徽的非物质文化遗产,试着选择一种介绍给大家。

 专题活动

举办非遗文化校园巡回展。

(提示:邀请当地的非物质文化遗产传承人进校展示非遗文化,例如庐剧、凤画、徽派版画、亳州剪纸等。)